—————— 阅读之前 没有真相

午夜文库

阿加莎·克里斯蒂
赫尔克里·波洛系列

阿加莎·克里斯蒂
Agatha Christie (1890—1976)

无可争议的侦探小说女王,侦探文学史上最伟大的作家之一。

阿加莎·克里斯蒂原名为阿加莎·玛丽·克拉丽莎·米勒,一八九〇年九月十五日生于英国德文郡托基的阿什菲尔德宅邸。她几乎没有接受过正规的教育,但酷爱阅读,尤其痴迷于歇洛克·福尔摩斯的故事。

第一次世界大战期间,阿加莎·克里斯蒂成了一名志愿者。战争结束后,她创作了自己的第一部侦探小说《斯泰尔斯庄园奇案》。几经周折,作品于一九二〇年正式出版,由此开启了克里斯蒂辉煌的创作生涯。一九二六年,《罗杰疑案》由哈珀柯林斯出版公司出版。这部作品一举奠定了阿加莎·克里斯蒂在侦探文学领域不可撼动的地位。之后,她又陆续出版了《东方快车谋杀案》《ABC谋杀案》《尼罗河上的惨案》《无人生还》《阳光下的罪恶》等脍炙人口的作品。时至今日,这些作品依然是世界侦探文学宝库里最宝贵的财富。根据她的小说改编而成的舞台剧《捕鼠器》,已经成为世界上公演场次最多的剧目;而在影视改编方面,《东方快车谋杀案》为英格丽·褒曼斩获奥斯卡大奖,《尼罗河上的惨案》更是成为几代人心目中的经典。

阿加莎·克里斯蒂的创作生涯持续了五十余年,总共创作了八十余部侦探小说。她的作品畅销全世界一百多个国家和地区,累计销量已经突破二十亿册。她创造的小胡子侦探波洛和老处女侦探马普尔小姐为读者津津乐道。阿加莎·克里斯蒂是柯南·道尔之后最伟大的侦探小说作家,是侦探文学黄金时代的开创者和集大成者。一九七一年,英国女王授予克里斯蒂爵士称号,以表彰其不朽的贡献。

一九七六年一月十二日,阿加莎·克里斯蒂逝世于英国牛津郡沃灵福德家中,被安葬于牛津郡的圣玛丽教堂墓园,享年八十五岁。

阿加莎·克里斯蒂 侦探作品年表

波洛系列

1920　The Mysterious Affair at Styles《斯泰尔斯庄园奇案》
1923　Murder on the Links《高尔夫球场命案》
1924　Poirot Investigates《首相绑架案》
1926　The Murder of Roger Ackroyd《罗杰疑案》
1927　The Big Four《四魔头》
1928　The Mystery of the Blue Train《蓝色列车之谜》
1932　Peril at End House《悬崖山庄奇案》
1933　Lord Edgware Dies《人性记录》
1934　Murder on the Orient Express《东方快车谋杀案》
1935　Three—Act Tragedy《三幕悲剧》
1935　Death in the Clouds《云中命案》
1936　The ABC Murders《ABC谋杀案》
1936　Murder in Mesopotamia《古墓之谜》
1936　Cards on the Table《底牌》
1937　Dumb Witness《沉默的证人》
1937　Death on the Nile《尼罗河上的惨案》
1937　Murder in the Mews《幽巷谋杀案》
1938　Appointment with Death《死亡约会》
1938　Hercule Poirot's Christmas《波洛圣诞探案记》
1940　Sad Cypress《H庄园的午餐》
1940　One，Two，Buckle My Shoe《牙医谋杀案》
1941　Evil Under the Sun《阳光下的罪恶》
1943　Five Little Pigs《五只小猪》
1946　The Hollow《空幻之屋》
1947　The Labours of Hercules《赫尔克里·波洛的丰功伟绩》
1948　Taken at the Flood《顺水推舟》
1952　Mrs．McGinty's Dead《清洁女工之死》
1953　After the Funeral《葬礼之后》
1955　Hickory Dickory Dock《山核桃大街谋杀案》
1956　Dead Man's Folly《弄假成真》
1959　Cat Among the Pigeons《鸽群中的猫》
1960　The Adventure of the Christmas Pudding《雪地上的女尸》

阿加莎·克里斯蒂 侦探作品年表

1963　The Clocks《怪钟疑案》
1966　Third Girl《第三个女郎》
1969　Hallowe'en Party《万圣节前夜的谋杀》
1972　Elephants Can Remember《大象的证词》
1974　Poirot's Early Stories《蒙面女人》
1975　Curtain—Poirot's Last Case《帷幕》

马普尔小姐系列

1930　The Murder at the Vicarage《寓所谜案》
1932　The Thirteen Problems《死亡草》
1942　The Body in the Library《藏书室女尸之谜》
1943　The Moving Finger《魔手》
1950　A Murder Is Announced《谋杀启事》
1952　They Do It with Mirrors《借镜杀人》
1953　A Pocket Full of Rye《黑麦奇案》
1957　4.50 from Paddington《命案目睹记》
1962　The Mirror Crack'd from Side to side《破镜谋杀案》
1964　A Caribbean Mystery《加勒比海之谜》
1965　At Bertram's Hotel《伯特伦旅馆》
1971　Nemesis《复仇女神》
1976　Sleeping Murder《沉睡谋杀案》
1979　Miss Marple's Final Cases《马普尔小姐最后的案件》

其他系列及非系列

1922　The Secret Adversary《暗藏杀机》
1924　The Man in the Brown Suit《褐衣男子》
1925　The Secret of Chimneys《烟囱别墅之谜》
1929　Partners in Crime《犯罪团伙》
1929　The Seven Dials Mystery《七面钟之谜》
1930　The Mysterious Mr. Quin《神秘的奎因先生》
1931　The Sittaford Mystery《斯塔福特疑案》
1933　The Witness for the Prosecution and Other Stories《控方证人》
1934　Why Didn't They Ask Evans?《悬崖上的谋杀》

阿加莎·克里斯蒂 侦探作品年表

1934　The Listerdale Mystery《金色的机遇》
1934　Parker Pyne Investigates《惊险的浪漫》
1939　Murder Is Easy《逆我者亡》
1939　And Then There Were None《无人生还》
1941　N or M?《桑苏西来客》
1944　Towards Zero《零点》
1945　Sparkling Cyanide《闪光的氰化物》
1945　Death Comes as the End《死亡终局》
1949　Crooked House《怪屋》
1950　Three Blind Mice and Other Stories《三只瞎老鼠》
1951　They Came to Baghdad《他们来到巴格达》
1954　Destination Unknown《地狱之旅》
1958　Ordeal by Innocence《奉命谋杀》
1961　The Pale Horse《灰马酒店》
1967　Endless Night《长夜》
1968　By the Pricking of My Thumbs《煦阳岭的疑云》
1970　Passenger to Frankfurt《天涯过客》
1973　Postern of Fate《命运之门》
1991　Problem at Pollensa Bay《神秘的第三者》
1997　While the Light Lasts《灯火阑珊》

出版前言

纵观世界侦探文学一百七十余年的历史,如果说有谁已经超脱了这一类型文学的类型化束缚,恐怕我们只能想起两个名字——一个是虚构的人物歇洛克·福尔摩斯,而另一个便是真实的作家阿加莎·克里斯蒂。

阿加莎·克里斯蒂以她个人独特的魅力创造着侦探文学史上无数的传奇:她的创作生涯长达五十余年,一生撰写了八十余部侦探小说;她开创了侦探小说史上最著名的"黄金时代";她让阅读从贵族走入家庭,渗透到每个人的生活中;她的作品被翻译成一百多种文字,畅销全球一百五十余个国家,作品销量与《圣经》《莎士比亚戏剧集》同列世界畅销书前三名;她的《罗杰疑案》《无人生还》《东方快车谋杀案》《尼罗河上的惨案》都是侦探小说史上的经典;她是侦探小说女王,因在侦探小说领域的独特贡献而被册封为爵士;她是侦探小说的符号和象征。她本身就是传奇。沏一杯红茶,配一张躺椅,在暖暖的阳光下读阿加莎的小说是一种生活方式,是惬意的享受,也是一种态度。

午夜文库成立之初就试图引进阿加莎的作品,但几次都与版权擦肩而过。随着午夜文库的专业化和影响力日益增强,阿加莎·克里斯蒂的版权继承人和哈珀柯林斯出版公司主动要求将版权独家授予新星出版社，并将阿加莎系列侦探小说并入午夜文库。这是对我们长期以来执着于侦探小说出版的褒奖，是对我们的信任与鼓励，更是一种压力和责任。

新版阿加莎·克里斯蒂作品由专业的侦探小说翻译家以最权威的英文版本为底本，全新翻译，并加入双语作品年表和阿加莎·克里斯蒂家族独家授权的照片、手稿等资料，力求全景展现"侦探女王"的风采与魅力。使读者不仅欣赏到作家的巧妙构思、离奇桥段和睿智语言，而且能体味到浓郁的英伦风情。

阿加莎作品的出版是一项系统工程，规模庞大，我们将努力使之臻于完美。或存在疏漏之处，欢迎方家指正。

新星出版社

午夜文库编辑部

Agatha Christie

Over the next few years, we plan to celebrate two very important Agatha Christie anniversaries. In 2015, it is the 125th anniversary of her birth in Torquay, South Devon, England, and in 2020 it will be 100 years after her first book, THE MYSTERIOUS AFFAIR AT STYLES, featuring her famous detective, Hercule Poirot, was published. This is therefore a very appropriate moment to publish a new edition of her works, and I am delighted that HarperCollins has chosen to work with New Star on these new editions. New Star is China's top crime publisher, and has a strong and dedicated editorial staff and a continued passion for Agatha Christie, making them the ideal partner. It is the right time to make these classic books available in modern translations and so to bring Agatha Christie's books anew to her many fans in China, giving them a new reason to re-read these much-loved stories, as well as introducing them to a whole new audience. How delighted Agatha Christie would have been that her stories (as she called them) are still giving so much pleasure to so many people all over the world!

I think there are two very remarkable things about Agatha Christie's stories. The first is that they are so adaptable. It doesn't really matter which language they appear in, the stories and the plots still give the same thrill, still provide the same puzzles, and the characters still have the same attraction. Readers in China will I am sure enjoy Hercule Poirot and Miss Marple just as much as we do in England, and readers in China will still be transfixed by the surprises and horrors of AND THEN THERE WERE NONE, one of the great classics of 20th century detective fiction, as we are here.

Agatha Christie

The second is that the stories give a wonderful picture of England, particularly rural England, at the time Agatha Christie lived. She wrote books from 1920 until 1970 but it is sometimes hard to tell which part of her life each book was written in. Her characters and the life they lived were very much the same. The life we all live is changing very quickly these days but the Agatha Christie world stays the same. Perhaps the Miss Marple stories provide the best example of this, and in some ways THE BODY IN THE LIBRARY and NEMESIS are quite similar, despite the fact that thirty years elapsed between the time they were written.

Perhaps I might end by mentioning three Agatha Christies (other than the ones mentioned above) which I think demonstrate why she is so popular, even in the twenty-first century. The first is MURDER ON THE ORIENT EXPRESS, one of the most famous with one of the most ingenious and human plots. Read this on one of your long train journeys in China! Next is A MURDER IS ANNOUNCED, a Miss Marple which was her 50th book. It has my favourite murderer in it! And last is ENDLESS NIGHT a story about evil and how it affects three young people, written at the time when I knew her best, and understood how deeply she cared and sympathised with young people and the world they lived in.

Whichever are your favourites I hope you enjoy these stories that New Star are introducing to you again. I think it is a great publishing event.

Mathew *[signature]*
Grandson of Agatha Christie
Chairman of Agatha Christie Ltd

致中国读者

(午夜文库版阿加莎·克里斯蒂作品集序)

在未来的几年中,我们将要筹备两个非常重要的关于阿加莎·克里斯蒂的纪念日。二〇一五年是她的一百二十五岁生日——她于一八九〇年出生于英国的托基市,二〇二〇年则是她的处女作《斯泰尔斯庄园奇案》问世一百周年的日子,她笔下最著名的侦探赫尔克里·波洛就是在这本书中首次登场。因此,新星出版社为中国读者们推出全新版本的克里斯蒂作品正是恰逢其时,而且我很高兴哈珀柯林斯选择了新星来出版这一全新版本。新星出版社是中国最好的侦探小说出版机构,拥有强大而且专业的编辑团队,并且对阿加莎·克里斯蒂的作品极有热情,这使得他们成为我们最理想的合作伙伴。如今正是一个良机,可以将这些经典作品重新翻译为更现代、更权威的版本,带给她的中国书迷,让大家有理由重温这些备受喜爱的故事,同时也可以将它们介绍给新的读者。如果阿加莎·克里斯蒂知道她的小故事们(她这样称呼自己的这些作品)仍然能给世界上这么多人带来如此巨大的阅读享受,该有多么高兴啊!

我认为阿加莎·克里斯蒂的作品有两个非常重要的特征。首先它们是非常易于理解的。无论以哪种语言呈现,故事和情节都同样惊险刺激,呈现给读者的谜团都同样精彩,而书中人物的魅力也丝毫不受影响。我完全可以肯定,中国的读者能够像我们英国人一样充分享受赫尔克里·波洛和马普尔小姐带来的乐趣;中国读者也会和我们一样,读到二十世纪最伟大的侦探经典作品——比如《无人生还》——的时候,被震惊和恐惧牢牢钉在原地。

第二个特征是这些故事给我们展开了一幅英格兰的精彩画卷,特别是阿加莎·克里斯蒂那个年代的英国乡村。她的作品写于二十世纪二十年代至七十年代间,不过有时候很难说清楚每一本书是在她人生中的哪一段日子里写下的。她笔下的人物,以及他们的生活,多多少少都有些相似。如今,我们的生活瞬息万变,但"阿加莎·克里斯蒂的世界"依旧永恒。也许马普尔小姐的故事提供了最好的范例:《藏书室女尸之谜》与《复仇女神》看起来颇为相似,但实际上它们的创作年代竟然相差了三十年。

最后,我想提三本书,在我心目中(除了上面提过的几本之外)这几本最能说明克里斯蒂为什么能够一直受到大家的喜爱。首先是《东方快车谋杀案》,最著名,也是最机智巧妙、最有人性的一本。当你在中国乘火车长途旅行时,不妨拿出来读读吧!第二本是《谋杀启事》,一个马普尔小姐系列的故事,也是克里斯蒂的第五十本著作。这本书里的诡计是我个人最喜欢的。最后是《长夜》,一个关于邪恶如何影响三个年轻人生活的故事。这本书的写作时间正是我最了解她的时候。我能体会到她对年轻人以及他们生活的世界关心至深。

现在新星出版社重新将这些故事奉献给了读者。无论你最爱的是哪一本,我都希望你能感受到这份快乐。我相信这是出版界的一件盛事。

阿加莎·克里斯蒂外孙
阿加莎·克里斯蒂有限责任公司董事长
马修·普理查德
二〇一三年二月二十日

阿加莎·克里斯蒂侦探作品集㉔

死亡约会
Appointment with Death

[英] 阿加莎·克里斯蒂 著
朱琳 译

新 星 出 版 社　NEW STAR PRESS

献给理查德和米莱尔·马洛克夫妇
谨以此书纪念佩特拉①之旅

---

①佩特拉,约旦著名古城遗址,位于约旦首都安曼以南二百五十公里处。希腊语意为"岩石"。

第一部分

第一章

1

"你明白的,不是吗?她必须得死!"

这句质问飘进寂静的夜,像是在那里悬浮了片刻,紧接着便越飘越远,消失在死海之中。

赫尔克里·波洛正抓着窗户把手,愣了片刻。他皱了皱眉,最后还是坚决地关上了窗户,这样就可以杜绝那些伤人的夜间凉气了!赫尔克里·波洛从小就懂得,外面的空气还是留在外面的好,尤其是夜晚的凉气更是有害健康。

他拉上窗帘,严整地遮住窗户,走向床边,脸上浮现笑意。"你明白的,不是吗?她必须死!"对于赫尔克里·波洛这位侦探来说,在耶路撒冷的第一个晚上就听到这么一句话,着实有些引他心生好奇。

"显然,无论我走到哪儿,犯罪这码事总是缠着我!"他喃喃自语,脸上的笑意未曾消减。他还记起了之前听来的小说家安东尼·特罗洛普的一件事。

当时特罗洛普正乘船穿越大西洋,听到两个乘客在讨论自己某部小说最新的连载情节。

"很好看,"其中一个人说,"但是他得把那个烦人的老太婆干掉。"

小说家眉开眼笑地跟那两个人打招呼:"先生们,乐意之至啊!我现在就去把她干掉!"

赫尔克里·波洛想知道,自己刚才听到的那些话是在什么情况下冒出来的。或许是关于一场戏,抑或一本书的讨论?他思索着,笑意犹在唇边。"说不定哪天这席话再被想起,恐怕就带着不吉利的意思了。"

他回忆起那个嗓音,里面的焦虑和紧张——发着抖,像是道出了心里绷紧了的思绪。是个男人的声音——或者是个男孩……

赫尔克里·波洛关上床头灯。"下次再听到我应该能认出来……"他这样想着。

2

雷蒙德和卡罗尔·博因顿两人将胳膊肘支在窗台上,头靠头依偎着,凝视着深邃幽蓝的夜空。雷蒙德紧张地又说了一遍之前的话:"你明白的,不是吗?她必须得死!"

卡罗尔·博因顿不安地动了动,她开口说话,嗓音深沉而粗糙。"这太可怕了……"

"再可怕也比不过现在!"

"我想也是……"

雷蒙德情绪激动。"不能再这样继续下去了——不能……我们必须做点什么……除此之外我们别无他法……"卡罗尔也开口了——但她的话里充满不确定,她自己也明白。"如果我们能设法逃走……"

"我们逃不掉的。"声音空洞而绝望,"卡罗尔,你知道我们逃不掉的……"

女孩颤抖着。

"我知道,雷——我知道。"

他突然爆发出一阵急促而痛苦的大笑。"人们会说我们疯了——就连出去走走都不行——"

卡罗尔缓缓道:"也许我们是疯了。"

"我说也是。是的。我们是疯了。无论如何我们很快就会……这也难怪,我们眼下正在冷静地盘算,无比冷血地筹划着杀死自己的母亲!"

卡罗尔尖叫。"她不是我们的母亲!"

"是啊,她不是。"

沉默了一会儿,雷蒙德接着说了下去,语气仿佛大局已定。"你也同意,是吧,卡罗尔?"

卡罗尔稳稳地答话:"我觉得她应该死——是的……"然后她突然爆发了,"她是个疯子……我坚信她是个疯子……她——她如果还有理智的话,不会这么虐待我们!这么多年过去了,我们一直在说:'不能再这么下去了!'而事实是一切从未改变!我们说'她总会死的'——但是她一直活得好好的!我不觉得她会死,除非——"

雷蒙德冷静地接下去:"除非我们杀了她……"

"是的。"

她扶着窗台的手紧紧地攥了起来。

她的哥哥继续往下说,以一种冷酷而确凿无疑的语气,只是偶尔的颤音透露出他内心深藏的激动。"我们之中总得有个人去做这件事,你明白吗?雷诺克斯要照顾娜丁,我们也不能让金妮来做这件事情啊。"

卡罗尔浑身发抖。"可怜的金妮……我好害怕……"

"我知道。事情越来越糟了，对吧？这就是为什么越早动手越好——要赶在她再也忍不下去了之前。"

卡罗尔突然站了起来，把散在前额的发梢往后面捋了捋。"雷，"她说，"你不觉得这样做有什么不对，是吗？"

他用同样算得上是毫无波澜的语气回答："没什么不对的。我想这就像是杀死一条疯狗——一条在人世造孽的疯狗。想阻止它，这是唯一的法子。"

卡罗尔喃喃道："但是他们——他们会把我们送上刑椅……我是说我们没法解释她怎么……这听起来简直像天方夜谭……这，你明白吗？这依然不过是我们脑子里的幻想！"

雷蒙德说："没有人会知道的。我有个计划。我已经全部计划好了。保证万无一失。"

卡罗尔猛然转身。"雷——不知道怎的——你不一样了。你怎么了……是谁把那个念头塞进了你脑子里？"

"你怎么会觉得我有什么不对劲？"

"因为……雷，是因为火车上的那个女孩吗？"

"不，当然不是——怎么会是为她呢？哦，卡罗尔，别胡思乱想了，让我们继续讨论——讨论——"

"讨论你的计划？你真觉得那是个好主意吗？"

"是。我觉得是……我们得等待一个合适的机会，当然。之后——如果事情顺利的话——我们便会获得自由——我们所有人。"

"自由？"卡罗尔叹了口气。她抬头仰望群星。突然，她全身战栗，声泪俱下。

"卡罗尔，你怎么了？"

她近乎崩溃地抽泣着。"这夜色，这湛蓝的夜空，还有这群星——是这么的可爱。如果我们可以融入其中……如果我们能够像其他人那样，而不是现在这样——性情乖戾，大错特错。"

"只要她死了，一切都会好起来的！"

"你确定吗？已经太迟了吧！我们在旁人眼中，已经是性情古怪了吧？"

"不，不，不。"

"我觉得——"

"卡罗尔，如果你不想——"

她推开他满怀安抚的臂膀。"不。我和你一起——我一定和你一起！为了其他人——特别是金妮。我们必须拯救金妮！"

雷蒙德愣了愣。"那么——我们应该继续？"

"是的！"

"好。我这就把我的计划告诉你……"

他低头凑到她耳边。

第二章

医学学士莎拉·金小姐，正站在耶路撒冷所罗门酒店的写作室里，百无聊赖地翻阅着报纸和杂志。她蹙着眉，若有所思。

一个高个子的中年法国人从大堂走进写作室，看了她一会儿，接着信步走到她桌子的另一侧。两人目光相遇，莎拉认出对方后，微微一笑。

她记得这个男人。在从开罗过来的路上，这个人曾经帮她搬了一个行李箱，那时候她刚好找不到乘务员来抬箱子。

两人寒暄了一番之后，男士问道："你觉得耶路撒冷怎么样，喜欢这儿吗？"

"从某方面来说，这里其实很奇怪。"莎拉说着又补充道，"尤其是宗教！"

法国人看起来饶有兴趣。

"我明白你的意思，"他的英语几近完美，"各种花样百出的宗教纷争！"

"他们的建筑也很怪异！"莎拉说。

"是的，没错。"

莎拉叹了口气。"今天，就因为我穿了件没袖的上衣，他们居然不让我进门。"她悲伤地说，"显然，那位全知全能的神不喜欢我的胳膊，虽然明明是他把我造出来的。"

杰拉德笑了笑，然后说："我想喝点咖啡，一起吗，这位小姐？"

"我姓金，莎拉·金。"

"我——这是我的名片。"他抽出一张卡片。

莎拉接过来。她马上瞪大了眼睛，带着敬畏，还有些欣喜。"杰拉德医生？哦！见到您太荣幸了！我读过您所有的书，一本不落。您关于精神分裂的观点实在是惊人的有趣！"

"'一本不落'？"杰拉德饶有兴趣地挑了挑眉毛。

莎拉颇为羞涩地解释说："你看——我刚好也是学医的。刚刚才拿到学士学位。"

"啊！我明白了。"

杰拉德医生要来了咖啡，两人坐在角落的沙发上。比起莎拉的医学造诣，这位法国人显然更在意那被她捋回耳后的黑发，还有那形状美丽的红唇。她对他那显而易见的敬畏也让法国人觉得非常有意思。

"你要在这儿待很久吗？"他随意地问。

"三五天吧。然后我要去佩特拉。"

"啊？我也是，如果路途不远的话，正琢磨着去看看呢。你看，我十四号就得回巴黎了。"

"我想得花一周呢。两天去，停留两天，然后再花两天回来。"

"早上我得去趟旅行社，看看他们能怎么安排。"

这时，一群人走进休息室坐下。

莎拉饶有兴致地看着他们。她压低声音说："刚刚进来的那些人——在火车上那晚，你留意他们了吗？他们是和我们同一时间离开开罗的。"

杰拉德戴上眼镜，望了望房间对面。"美国人？"

莎拉点点头。

"是的，是来自美国的一家人。但是——我觉得他们有些不对劲。"

"不对劲？怎么说？"

"嗯，看看他们，特别是那个老夫人。"杰拉德依言望去，以敏锐的职业眼光迅速地扫了一眼那群人。他首先注意到的是一位高个子、骨架柔软的男人——大约三十岁。长相讨喜，气色虚弱，举止冷漠得奇怪。那边还有两个年轻人，相貌端正——那个男孩几乎有一副雅典人的容貌。"他也有点问题，"杰拉德医生想，"是的——绝对是精神紧张。"女孩显然是他的姐妹，面容相似，她也处于一种情绪激动的状态中；还有一个姑娘，更为年轻——一头红金色的头发，发色很亮，如同光环一般炫目。她的双手躁动不安：正撕扯着膝上的手帕。除此以外还有一个女人，年轻，安静，黑发，皮肤雪白，面容恬静，令人想起圣母。她身上倒没有焦虑的气息。而在人群的中央——"我的老天！"杰拉德医生的想法带着法国人坦白直率的憎恶。"多么可怕的一个女人！"苍老，浮肿，傲慢，无可撼动地坐在他们中间——如同一只扭曲盘踞在蜘蛛网中心的老蜘蛛！

他对莎拉说："她可一点儿也不美。"他耸耸肩。

"她有些——有些让人觉得不祥，不是吗？"莎拉问。

杰拉德又仔细审视了下那个女人。这次他的眼光是专业而非审美性的了。"水肿——心脏病吧。"他念叨了几个医学名词。

"哦，没错！"莎拉对他的医学观点心不在焉，"但是这些人对她的态度有些奇怪，你不觉得吗？"

"这些人是谁，你认识吗？"

"他们姓博因顿。母亲,已婚的大儿子、儿媳,小儿子和两个小女儿。"

杰拉德医生喃喃道:"博因顿一家环游世界?"

"是的,但是他们对她的态度真的很奇怪。他们从不和别人说话。除非那个老女人点头,否则他们中的任何人都不能做任何事!"

"她是个母系氏族族长的典型代表吧。"杰拉德思索着说道。

"在我看来,她是个十足的暴君。"莎拉说。

杰拉德医生耸耸肩,表示美国女人统治地球——这点大家都知道。

"是的,但是不仅如此。"莎拉坚持着,"她——哦,她死死地控制着他们——简直就是攥在手心里——这简直,简直太过分了!"

"拥有太多权力对女人不好。"杰拉德突然严肃地赞同了一句,接着摇摇头说,"对女人来说,不滥用权力太难了。"他飞快地扫了一眼莎拉。她正看着博因顿一家人——或者应该说她看的是那家人里的某一位成员。杰拉德医生会心一笑。啊!原来如此,原来如此啊。

他试探着问了句:"你跟他们聊过天,对吗?"

"是的——跟其中的一个聊过。"

"那个年轻男人——那个小儿子?"

"是的。就在从坎塔拉到这里的火车上。他站在走廊里。我跟他聊了几句。"

莎拉为人外向开朗,对人性满怀好奇,尽管脾气火暴,但待人友善。

"你为什么想和他说话呢?"杰拉德问。

莎拉耸耸肩。"为什么不呢？我旅行的时候经常和人聊天。我对人很有兴趣——对于他们所行、所想、所感都有兴趣。"

"也就是说，你把他们放到放大镜下面看喽！"

"可以那么说吧。"女孩承认。

"这回有什么让你印象深刻的？"

"好吧——"她犹豫着，"我觉得很奇怪……首先是那个男孩，脸都红到头发根了。"

"这很奇怪吗？"杰拉德干巴巴地问。

莎拉笑了。"你是说，他以为我是个无耻的轻佻女郎，在勾引他？哦不，我不认为他是那么想的。男人是可以分辨出来的，对吗？"

她看着他，眼神坦然。杰拉德医生点点头。

"我觉得，"莎拉说，语速缓慢，微蹙着眉，"他——怎么形容呢——既激动又战战兢兢。激动得有些不同寻常——而且还非常敏感，几乎到了荒唐的地步。这很奇怪，不是吗？我通常觉得美国人自视很高呢。一个二十岁的美国男孩，和同龄的英国男孩相比，通常懂的比同龄的英国男孩要多得多，为人处世也更圆滑。他肯定已经二十多岁了。"

"我估计得有二十三四岁了。"

"有那么大吗？"

"我看差不多。"

"是的……或许你是对的……只是，不知为什么，他看起来稚气未脱……"

"心智失调的话，孩子气的成分总是会多留一些的。"

"这么说我是对的？我是说，他身上有些什么显得相当不正常。"

杰拉德医生耸耸肩，因她的急切而微笑起来。"我亲爱的小姐，我们中有谁是非常正常的吗？不过我可以向你担保，那个人确实有些问题，可能是某种精神官能症。"

"一定是那个可怕的老女人造成的！"

"你似乎非常不喜欢她。"杰拉德医生说，好奇地看着她。

"是的。她——哦，她的眼神太恶毒了！"

杰拉德喃喃地说："很多母亲在自己的儿子被漂亮姑娘勾走魂的时候都会这样。"

莎拉不耐烦地耸耸肩。法国人都是一个样，她想，脑子里只有性！当然，她自己作为一个很有自知之明的精神分析医生，也必须得承认，大多数现象的产生都基于底下暗藏着的性的动机。莎拉的思绪沿着熟悉的心理分析一路奔走。她突然一惊，从沉思中回过神。雷蒙德·博因顿正穿过房间，走到了中间的桌旁。他选了一本杂志，返回途中路过莎拉椅子的时候，莎拉抬头看着他说："今天的观光之旅很忙吧？"

她只是随口找个话题，想看看他们会对此作何反应。

雷蒙德停下脚步，又满面绯红，惊慌失措，如同一匹紧张的马，畏惧的视线直接投向了他家族的中央。他喃喃道："哦——哦，是的——那个，是的，当然了。我——"紧接着，就如同突然被人勒紧了马缰，他快步走回家人那里，递出杂志。

那如同古老佛像一般端坐着的老夫人伸出胖胖的手接过杂志，但是与此同时，杰拉德医生注意到，老夫人的视线落在那个男孩脸上。她嘟囔了句，几不可闻的谢谢。她的头轻微地动了动。医生看得出，她看向莎拉的目光颇为严厉，但神情木然。你完全没办法搞清楚她脑子里在想些什么。

莎拉看看自己的表，惊呼："都这个时间了！"她站起身，

"非常感谢你，杰拉德医生，谢谢你的咖啡。我现在得去写几封信了。"

他站起身与她握手告别。

"希望日后我们还能再见面。"他说。

"哦，当然！你会去佩特拉吧？"

"我尽量安排。"

莎拉微笑着转身离去。她走出屋子需要从博因顿一家旁边经过。

杰拉德医生看到，博因顿老夫人的视线转回到儿子身上。他看到那个男孩和母亲目光交汇。当莎拉与他们擦肩而过的时候，雷蒙德·博因顿扭了下头——不是冲着莎拉而是避开……动作缓慢，不情不愿，就如同博因顿老夫人正牵着一根隐形的线操纵着他。

莎拉·金也注意到了他的举动，她年轻气盛而又待人热情，自然是被激怒了。他们之前明明在卧铺车厢晃悠悠的走廊上友善地聊过天；曾经交流过彼此对埃及的印象，还一起为牵驴小孩和街上揽客的人的笑话哈哈大笑。莎拉曾经跟他讲过，曾有个牵着骆驼的人满怀期待地过来找她，毫无礼貌地问："请问，你是美国小姐，还是英国小姐——"她回答说："都不是，我是中国人。"以及那人完全被搞晕，瞪着她的样子是如何让莎拉发笑。莎拉想着，那时，这个男孩就像个热情友好、有教养的学生——他的热情曾经几乎到了让人伤感的地步。而现在，完全毫无理由的，他变得腼腆而怯懦，简直可以说是粗鲁无礼。

"我就不该跟他扯上任何关系。"莎拉怒气冲冲地想。莎拉不是鼻孔朝天的傲慢小姐，但也从不妄自菲薄。她知道自己对异性有着毋庸置疑的吸引力，而且自己也绝不是那种受了气只会哭哭啼啼的类型！她确实，或许可以这么说，曾经对这个男孩有着超出一般友谊的感觉，说不准是什么奇怪的由头，她为他感到难过。

但是现在，显然他不过是个粗鲁莽撞的美国傻小伙！莎拉·金并没有动手写她之前说的信，而是坐在梳妆台前，把头发梳到脑后，看着镜子里一双怔怔的眼睛，想着自己现在的处境。

她刚刚度过一场艰难的感情危机。一个月前，她和未婚夫分手了。那位年轻医生大她四岁。他们曾经彼此吸引，如胶似漆，但两人的性格实在过于相像。争吵、摩擦时有发生。莎拉性格独立、要强，绝无可能忍受那样的独断专行。

如同许多要强的女人一样，莎拉相信自己是仰慕强大力量的。她总是告诉自己，希望有人来支配、主宰她。当她遇到一个足以主宰她的男人时，却又发现自己根本一点都不喜欢这种感觉！解除婚约让她心力交瘁，但是她很清楚，相互的吸引并不足以成为建立一生幸福的根基。她特意给自己准备了这次海外旅行，为的就是抛掉这段过去，好再次满怀热忱地投入到自己的事业中去。

莎拉的思绪从过去回到现在。

她很明白，因为家人在场，他对自己的态度才会如此古怪，但是尽管如此，她还是觉得有些看不起他。像那样被自己的家人控制得死死的——这简直可笑至极——特别是对一个男人来说！而且……

一阵古怪的感觉攫住了她。肯定是有什么地方不对劲，对吗？

她突然大声喊了出来："那个男孩在求救！我一定要设法救他！"

第三章

莎拉离开后,杰拉德医生在原地多待了一会儿。他走向桌子,捡起最新的一份晨报,坐到了离博因顿一家大约几米外的一把椅子上翻阅着。这家人勾起了他的好奇心。

最初,他是被那个英国姑娘对这个美国家庭的兴趣打动了。一开始,他断然认为那个姑娘只是对那家里的某一个人有兴趣罢了。但是现在,这普通的一家人中有些事情触动了他,触动了他作为研究学者心里更为深切和专业的兴趣。他意识到,其中确实是有些什么可以被归到精神研究领域里的。

在报纸的伪装下,他小心地观察着他们。一开始,最令人感兴趣的是那位吸引了英国姑娘的年轻男孩。没错,杰拉德想,绝对是能吸引莎拉的类型。莎拉·金拥有力量——她的神经平稳均衡,头脑冷静锐利,意志也很坚韧。杰拉德判断那个男孩是那种敏感、腼腆、容易接受暗示的类型。他以精神学家的视角审视着这个男孩。此刻,显而易见的是,他的精神高度紧张。杰拉德医生很想知道原因。他很困惑。为何一个理应心理状态良好的年轻男子,在国外放松旅行的时候,会处于如此一种精神状态,紧绷到时刻能够崩溃的临界点呢?

医生的注意力转向家族里的其他人。栗色头发的女孩想来是雷蒙德的妹妹。一望便知,他们是同一血统:骨架玲珑,体型良好，五官端正富有美感。他们的手同样修长，形状优美，下巴线条一样的干净利落，还有那类似的头形，修长的脖颈。而这女孩……同样的紧张。她也显得十分亢奋，过于发亮的眼神里藏着深深的黑暗。当她张口说话的时候，语速极快，几乎喘不过气。她似乎时刻警觉着，无法放松。

"而且她也在害怕。"杰拉德断言，"是的，她害怕！"

他听到了一些对话的片段——非常正常普通的谈话。

"我们或许可以去所罗门的马厩看看。"

"妈妈能受得了吗？"

"上午去看看哭墙？"

"寺庙，当然好——他们管它叫奥马尔的莫斯科①。我不知道为什么。"

"当然会这样称呼啊，那是个清真寺啊，雷诺克斯。"

非常普通常见的游客谈话。然而不知为何，杰拉德医生有一种奇怪的感觉，觉得自己听到的这些对话片段都带着不真实的感觉。如同伪装——就像是平静的湖面下藏着一些盘旋回转的暗流——隐藏得太深而无法诉诸言语……

他从报纸后面扫了一眼。

雷诺克斯？那应该是哥哥。他身上有着类似的家族特征，但有很大不同。雷诺克斯看起来没有那么紧张，杰拉德想，的确没那么神经质。但是，他也有些古怪。他身上没有像其他两人那么明显的肢体紧绷感。他懒洋洋地坐在那里。杰拉德满怀疑惑，他回忆起自己曾在医院里看到的一些坐着的病人。"他很累——是的，饱受折磨后的疲劳。他的眼神——那眼神就像是受伤的狗，

---

① 在英语里，莫斯科与清真寺（Mosque）发音相近。

抑或生病的马——如同野兽一般隐忍着伤痛……这很奇怪啊……从身体上来看，他并无异样……然而毫无疑问，他绝对是经受了长时间的痛苦折磨——心理上的折磨。而现在他不再受其折磨了——只是麻木的隐忍——等待，我想，就像是等着最后一槌落下……最后的什么？我是怎么幻想出这一切的？不对，这男人是在等待着什么，等着最后末日的到来。就像是得了癌症的人躺着等死，感谢镇痛剂让自己多少得到了解脱……"

雷诺克斯·博因顿站起身，拾起老夫人掉在地上的一个毛线球。

"给你，妈妈。"

"谢谢。"

这位身材臃肿、面无表情的老夫人在编织些什么？又厚又重的什么东西。杰拉德想，给某家救济院编的手套？这幻想让他笑了起来。

他的注意力转到了家族里较为年轻的成员身上——发色金红的姑娘。她看起来只有十七岁。皮肤干干净净，和她的金红色头发相得益彰。虽然有些过于瘦弱，但脸庞十分秀美。她还在自顾自地微笑——对着虚空。那微笑里有些让人好奇的东西，离这家旅馆、离耶路撒冷非常非常遥远……这让杰拉德想起了什么。此刻回忆席卷而来，如同闪电。那是一种奇妙的微笑，仿佛从雅典卫城的少女唇边荡漾出来——遥不可及，几乎非人间所有……这一微笑似有魔力，那优雅的恬静让他有些发怔。

紧接着，杰拉德医生注意到了她的手，顿时大惊失色。她的手放在桌下，她的家人看不到。但杰拉德医生从自己坐的地方可以清楚地看到。在她的膝头，她的双手——正在撕扯——把一块精致的手帕扯成碎片。

这让他直接愣在那里。

　　那淡然美妙的微笑——那恬静的姿态——还有那双急切地破坏的手……

第四章

随着一阵缓慢而气急的咳嗽声,那浮肿的正忙着编织的女人开了口。

"吉内芙拉,你累了,最好还是去睡吧。"

女孩受了惊吓,手上停止了机械的动作。

"我不累,妈妈。"

杰拉德赞叹地听着她如同音乐般悦耳的话语,声音甜美,使最为普通的句子都镀上了一层歌唱般的韵味。

"不,你累了。我知道的。不然,你明天就不能出门观光了。"

"哦!我可以的。我真的可以。"

她母亲的声音厚重粗糙,几近刺耳。"不,你不行。你会生病的。"

"不!我不会生病,不会的!"女孩急促地嚷起来。

有个轻柔安详的声音响了起来。"我和你一起上去,金妮①。"之前那个有着大眼睛、满怀沉思的年轻女人站起身来,她的头发盘得整整齐齐。

博因顿老夫人说:"不。她一个人上去。"

---

① 金妮(Jinny)是吉内芙拉(Ginevra)的昵称。

女孩哭了出来。"我想要娜丁和我一起！"

"我当然会和你一起。"年轻女人往前迈了一步。

老夫人说："这孩子想自己一个人上去——不是吗，金妮？"

沉默在她们头顶盘旋了片刻——接着吉内芙拉·博因顿开了口，声音突然变得平白而呆板。"是的——我想自己上去。谢谢你，娜丁。"

她走开了，高挑瘦削的身形走起路来带着惊人的优雅。

杰拉德医生放低了报纸，把博因顿老夫人的全部举止都看在眼里。她正盯着自己的女儿，肥胖的脸上渐渐挤出一个古怪的微笑。这微笑就像是扭曲了的刚才那女孩美丽的笑容。接着老夫人将眼神投向娜丁。

娜丁已经坐下了。她抬起眼，直视着婆婆。她面容沉静，从容不迫。老夫人的眼神则含着怒意。

杰拉德医生想："她可真是个不可理喻的暴君！"

突然，老夫人的眼神径直投向他，杰拉德医生猛地深吸了口气。那双眼睛又小又黑，浑浊不清，但是里面有些什么——一股强大的、不容置疑的力量，如同一股邪恶的波涛席卷过来。杰拉德对这种人格的力量略知一二。他意识到，这并不是什么反复无常、专制独裁的性格分裂。这女人拥有毋庸置疑的强势。从她恶毒的眼神里，杰拉德医生已经感受到了如同眼镜蛇一般的威慑。博因顿老夫人或许可以用年老、体衰、重病缠身来形容，但她绝不是毫无力量。

她是个清楚知道何为力量的女人，她的一生是强力操控的一生，她从不怀疑自己的控制力。杰拉德医生曾经遇到过一个驯兽女郎，她与老虎一同做惊险表演。凶猛的野兽老实地盘踞在她指定的地方，然后做出各种低级可耻的表演动作。从猛兽的眼神和低声咆哮中分明可以看出它的憎恶和痛恨,但是它们对她俯首帖耳,怕得哆嗦。那个年轻女人,那个傲慢的黑发美人,便有着和老夫人一样的神情。

"驯兽师!"杰拉德自言自语。他现在终于明白在这看似和谐温馨的家庭谈话里,那潜伏着的暗流是什么了。是憎恶——那激流回荡的憎恶。

他想着:"别人会怎么看我啊,肯定觉得我荒谬可笑!人家只是来自美国的正常人家,举家来巴勒斯坦旅行——而我硬是编造出了一场混杂着黑魔法的故事!"

紧接着,他满怀兴致地看着那个被称为娜丁的年轻女人。她的左手戴着一枚婚戒,他观察着她,看着她迅速地扫了一眼那个头发浓密、体态松弛的雷诺克斯,泄露了她的心迹。那时他就知道了……他们是一对夫妇。但是那眼神,与其说是他的妻子,倒不如说是他的母亲——真正的母性眼神——满怀着保护意识和焦虑。而且他现在知道的比这还要多。他知道,在这一群人里,娜丁·博因顿是唯一不受她婆婆咒法控制的人。她或许讨厌这老夫人,但并不怕她。她的魔力对娜丁无效。

尽管她快快不乐,为丈夫满怀忧虑,但她是自由的。

杰拉德医生自言自语:"这可真是有趣极了。"

第五章

医生沉浸在私密的幻想中,突然有个人大大咧咧地插了进来,简直有些滑稽的意味。

一个男人走进屋子里,看到了博因顿一家之后,朝他们走来。

他是个颇为典型的中年美国人,衣着考究,长脸,刮得很干净,说起话来缓慢又快活,但有些单调。

"我正四处找你们呢。"他一边说,一边和整个家族的人一一握手致意。

"你觉得身体如何呢,博因顿夫人?没有因为旅行而感到过于劳累吧?"

老夫人几乎算得上优雅地嘶声道:"没有,谢谢关心。我的身体一向不好,正如你所知道的——"

"哦,当然;确实不好啊,不好。"

"但是也不会更糟,"博因顿老夫人以一种缓慢阴沉的笑语补充道,"娜丁会好好照顾我的,对吗,娜丁?"

"我自然会尽力而为。"回答得波澜不惊。

"哦,我敢说你一定会的,"新来的这位热情地说,"说说吧,雷诺克斯,你觉得大卫王的城市如何啊?"

"哦,我不知道该怎么说。"雷诺克斯无动于衷地答道——显然勾不起一丝兴致。

"觉得有点失望,是吧?我得承认,一开始我也是这么觉得的。但是或许你应该再多转一转?"

卡罗尔·博因顿说:"因为妈妈在,我们逛不了多少地方。"

博因顿老夫人解释道:"我的身体每天也只能应付几个小时的观光罢了。"

陌生人好心地回答:"我觉得能做到这么久已经很厉害了,博因顿夫人。"

老夫人缓缓地笑了几声,说:"我是不会屈从于我的身体的!重要的是心!没错,是心……"

她的声音渐渐消失。杰拉德看到雷蒙德·博因顿紧张地抽搐了一下。

"你去过哭墙了吗,柯普先生?"他问道。

"哦,去了,那是我参观的第一个地方。我希望在这几天里充分感受一下耶路撒冷,然后再让旅行社帮我制定一个旅行计划,这样我就可以把圣地转个够——伯利恒、拿撒勒、提比利亚和加利利海。我想这一定会非常有趣。然后还有耶拉西,那里有非常有趣的遗址——古罗马人的啊。此外,我要去好好看看佩特拉的蔷薇城,据说那是最令人惊叹的自然景观。我相信肯定非同凡响。但是去那里的话,光是往返就得一周呢。"

卡罗尔说:"我很想去看看。听起来太美好了。"

"哦,我敢说那里绝对非常值得一看——是的,绝对非常值得一看。"柯普先生顿了顿,迟疑地望了一眼博因顿老夫人,接着用一种在法国人听来显然是犹豫不决的口吻问道,"说起来,你们有没有人想跟我一起去?我自然明白您的身体是没办法去的,博因顿夫人,而且您家里肯定会留人和您在一起;但是如果你们能分批行动的话,这样一来——"

他住口不言。杰拉德听到博因顿老夫人编织针撞击的轻响。接着老夫人开了口："我想大家都不愿意分开行动，我们是非常团结的一家人。"她抬头，"哦，孩子们，你们觉得呢？"

她的话语里有种奇怪的调子。答案随之而来——"是啊，妈妈。""哦，我们不分开。""不，当然不。"

博因顿老夫人脸上挂着那副非常古怪的笑容。"你看——他们不愿意离开我。你呢，娜丁？你还什么都没说呢。"

"不去了，谢谢你，母亲。除非雷诺克斯去，不然我也不去。"

博因顿老夫人缓缓地扭头看向她的儿子。"哦，雷诺克斯，你觉得呢？为什么你不和娜丁一起去呢？她似乎很想去。"

他吓了一跳，抬起头来。"我——哦——不，我——我想我们还是待在一起的好。"

柯普先生亲切地说："哦，真是亲密友爱的一家人！"但这亲切的话语里却带上了一丝空洞和无奈的意味。

"我们坚守彼此，"博因顿老夫人一边说，一边卷起毛线球来，"顺便问一下，雷蒙德，刚刚跟你说话的那个姑娘是谁？"

雷蒙德吓得骤然紧张起来。他的脸腾地红了，接着又煞白。"我——我不知道她叫什么，她——她昨晚跟我们乘一列火车。"

博因顿老夫人动作迟缓地试着从椅子里站起身来。"我想我们跟她应该不会有什么关系。"她说。

娜丁站起身，扶着老人离开椅子。她的动作带有一种职业性的熟练，这引起了杰拉德的注意。

"该休息啦，"博因顿老夫人说，"晚安，柯普先生。"

"晚安，博因顿夫人，晚安，雷诺克斯先生。"

他们离开了——一个接着一个。这群人里较年轻的几位没有表现出任何想要留下的意愿。

柯普先生落在后面，望着他们。他脸上的神情非常古怪。

根据杰拉德医生的经验，美国人通常都非常亲切、易于接近。他们没有英国游客那种令人不快的狐疑心理。对杰拉德医生这种精于世故的人来说，结识柯普先生并非难事。那位美国人正独自站在那里，而且，和他的大多数同胞一样亲切友善。杰拉德医生掏出名片递给他。

杰弗逊·柯普读了读上面的头衔，顿时肃然起敬。

"哦，天哪，是杰拉德医生，你最近不是刚好去过美国吗？"

"是的，去年秋天，我去哈佛做演讲。"

"当然了，杰拉德医生，您可是声名卓著。在巴黎，您可谓是行业权威啊。"

"哦，我亲爱的先生，您真是太客气了。不敢当啊，不敢当。"

"不，不，能在这里遇见您真是我莫大的荣幸。实际上，耶路撒冷现在正有好几位名人在这里呢。除了您之外，还有威尔登爵士、财务官加布利尔·斯坦因包莫爵士、英国考古学权威曼德斯·斯通爵士，以及英国政界知名的韦斯特霍姻爵士夫人、比利时的名探赫尔克里·波洛。"

"赫尔克里·波洛？他在这里？"

"当地的报纸刊登了他到达这里的消息。在我看来，世界名流都云集如此。当然，这的确是个不错的酒店。装潢相当有品位。"

杰弗逊·柯普显然心情很好。杰拉德医生是个长袖善舞的人。没过多久，两人就快活地一起去喝酒了。

两轮威士忌苏打下肚后，杰拉德说："跟我说说，刚刚跟你聊天的那家人是典型的美国家庭吗？"

杰弗逊·柯普若有所思地啜饮了一口自己的酒。接着他说："哦不，我想这家人不能算典型。"

"不是？但确实是个非常有凝聚力的家庭呢。"

柯普缓缓地说："你是说他们似乎都凝聚在那个老夫人身边？这一点倒是没错。她确实是位非同寻常的老夫人。"

"是吗？"

柯普先生正需要一点点鼓励。这句温和的邀请来得恰如其分。"我不介意告诉你，杰拉德医生，我最近脑子里一直都在想这家人的事情。跟你聊聊应该能让我心里轻松一点。我想这应该不会让你乏味吧？"

杰拉德医生声明不会的。杰弗逊·柯普继续缓缓地说下去，他那刮得干干净净的脸因困惑而皱了起来。

"我可以坦率地告诉你，我有点担心。博因顿夫人是我的一个老朋友，不是那位年老的博因顿夫人，而是年轻的那位。雷诺克斯·博因顿的太太。"

"啊，是的，那位漂亮迷人的黑发女士。"

"没错。她叫娜丁。娜丁·博因顿。杰拉德医生，她是位非常可爱的女人。在她结婚前我就认识她，那时候她还在医院工作，正受训要成为护士。接着她去博因顿家待了一段日子度假，之后不久她就嫁给了雷诺克斯。"

"哦？"

杰弗逊·柯普又啜饮了一口威士忌，继续说了下去。"我可以跟你说一说博因顿家族的历史。"

"哦，我还真的很好奇。"

"哦，已故的埃尔默·博因顿先生——他非常出名，也非常有魅力——结过两次婚。第一任妻子在卡罗尔和雷蒙德刚刚学会走路的时候就过世了。我听说,第二任妻子长得非常俊俏,在嫁给他的时候,年纪已经不小了。看她现在的样子很难想象她当年俊俏的模样,但我听说的故事确实如此。不管怎么说,她的丈夫很疼爱她,对她几乎百依百顺,言听计从。他去世前几年便已经卧病在床,这女人实际上掌管了家里的一切。她是个非常有能力的女人,很有经济头脑,也是个非常有良心的女人。埃尔默死后,她把一切都献给了自己的孩子。有一个孩子是她亲生的,就是那个吉内芙拉——有点虚弱的红发姑娘。哦,正如我告诉你的,博因顿老夫人把一切都奉献给了家庭。她几乎让整个家庭与外面的世界完全隔绝。哦,我不知道你是怎么想的。但我觉得这并不是件值得称道的事情。"

"我和你看法一致。这对孩子心智的发展伤害极大。"

"是的,我也是这么觉得的。博因顿老夫人把这些孩子和外界完全隔离开,从来不让他们和外面有任何接触。结果就是,他们成长得——哦,可以说有些神经质,非常容易受到惊吓,你明白我在说什么吧——没法和陌生人交朋友。这很糟糕。"

"确实非常糟糕。"

"我并不觉得博因顿老夫人有什么恶意。只是她爱得有点过分了。"

"他们都住在家里?"医生问道。

"是的。"

"儿子们都不工作吗?"

"哦,是的。埃尔默·博因顿非常富有。他把所有的钱都留给了博因顿老夫人——不过据说这是为了抚育这一大家子人。"

"所以他们在财务上完全依赖她?"

"正是如此。而且她鼓励他们住在家里,不要出去找工作。好吧,或许这也没错,毕竟他们有的是钱,根本不需要找工作。但是我觉得,作为男人来说,工作能让他们强壮起来。话说到这儿,还有更过分的呢——他们没有任何兴趣爱好,不打高尔夫球,不参加任何乡村俱乐部,不出去跳舞,或者和同龄的人做任何事。他们住在乡下的大房子里,周围几英里都荒无人烟。我跟你说,杰拉德医生,在我看来,这绝对是大错特错的。"

"我的看法和你一样。"杰拉德医生说。

"他们中没有一个人具备基本的社交技能。合作精神更是完全没有!他们可以说是非常团结的一家人,但真的是互相束缚、捆绑在了一起。"

"他们中就没有人提出质疑,或者想要离开吗?"

"据我听说的是没有。他们就那样围坐在一起。"

"你觉得这是他们自己的问题,还是博因顿老夫人的错?"

杰弗逊·柯普有些坐立不安。"哦,从某种感觉上来说,我觉得她多多少少是有责任的,她的教育方法不对。但从另一个角度看,当一个孩子已经成年的时候,他有责任去走自己的路。没有人应该一直依赖母亲不肯出去。他应该选择独立。"

杰拉德医生若有所思地说:"这或许是不可能的事情。"

"为什么不可能?"

"柯普先生,这世上是有法子能阻止树成长的。"

柯普目瞪口呆。"他们每个人都很健康啊,杰拉德医生。"

"神智和身体一样,可以被困住、被阻碍。"

"但他们显然都并不蠢笨。"

杰拉德医生叹了口气。

杰弗逊·柯普继续说道:"不,杰拉德医生,听我一句,一个人是能够把命运握在自己手里的。一个男人,如果自尊自爱,就应该奋起抗争,为自己的人生打拼一番。他不该坐在那里,把玩自己的大拇指。没有任何女人会尊重这样的男人。"

杰拉德医生好奇地看了他一两分钟,接着说道:"你是意有所指吧。你说的是雷诺克斯·博因顿?"

"哦,是的。我想的就是雷诺克斯·博因顿。雷蒙德还是个孩子。但是雷诺克斯都三十岁了。到这个年纪,他早就该有点什么成就了。"

"对他的妻子来说,这样的生活或许很艰辛吧?"

"对她来说当然太艰辛了!娜丁是个非常好的姑娘。我爱慕她到了几乎无法言说的地步。她从来没有抱怨过一句。但是她不幸福,杰拉德医生,她的日子过得苦极了。"

杰拉德医生点点头。"是的,我想是的。"

"我不知道你是怎么想的,杰拉德医生,但是我想一个女人需要承受的苦难肯定是有界限的!如果我是娜丁,我一定会和雷诺克斯说个明白。要么他挺身去证明自己是个男人,要么——"

"要么怎样,你觉得她应该离开她?"

"她应该有自己的生活,杰拉德医生。如果雷诺克斯不懂得珍惜她,总还有别的男人愿意的。"

"比如说——你就愿意吧?"

这位美国人红了脸。接着,他正视对方,带着一种近乎天真的庄重。"是的,"他说,"我不会以自己对那位女士的情感为耻。我尊重她,而且深深地爱慕着她。我只想要她幸福。如果她和雷诺克斯幸福,我自然会退出,不会再出现。"

"但她并不幸福。"

"是的,她不幸福。那我就等在这儿!只要她需要,我会立刻出现！"

"你可真是位'真正的骑士'啊。"杰拉德医生低声说。

"你说什么？"

"我亲爱的先生，如今这个时代，骑士精神只能在美国出现了吧！你心甘情愿地为你的女神奉献，不求任何回报！这真是太让人敬佩了！具体一点说，你想要为她做什么呢？"

"只要她需要，我随时在她身边待命。"

"我能问问博因顿老夫人对你的态度如何吗？"

杰弗逊·柯普缓缓地说："我从来都摸不准那位老夫人的脾气。我刚才不是说她不喜欢和外界的人有来往吗？但是她似乎对我不同。她待我总是非常和蔼，如同自家人一样。"

"也就是说，她其实很赞成你和雷诺克斯太太的友谊？"

"确实如此。"

杰拉德医生耸耸肩。"哦，你不觉得这有点奇怪吗？"

杰弗逊·柯普冷冷地答道："我先跟你保证，杰拉德医生，这友谊是非常纯粹的，完全是柏拉图式的。"

"亲爱的先生，对此我确信无疑。但我还是得重申一遍，对于博因顿老夫人来说，鼓励这种友谊不是很奇怪的举动吗？你明白的，柯普先生，博因顿老夫人令我很感兴趣——非常感兴趣。"

"她自然是位非同一般的女性。她个性很强——才能卓著。正如我所说的，已故的埃尔默·博因顿对她的判断笃信不疑。"

"甚至让自己的孩子都完全在经济上依附于她。在我们国家，柯普先生。这可是违法的。"

柯普先生站起来。"在美国，"他说，"我们崇尚绝对的自由。"

杰拉德医生也站了起来。对这一声明，他不为所动。他听过许多不同国度的人说过这句话。自由是某个民族独有的特质，持有这种幻想的人几乎遍布全球。

杰拉德医生要明智得多。他知道没有哪个种族，国家，抑或个人可以说是完全自由的。但是他也知道，即便不自由，也是分很多层次的。

他若有所思，兴致盎然地走向卧室。

第六章

莎拉·金站在哈拉梅西·谢里夫神庙的院子里，背对着石质圆顶。喷泉的水声在她耳边回响。一小群游客路过这里，丝毫没有破坏这和谐的东方情调。

真奇怪，莎拉想着，这里曾经有个吉卜赛人把这岩石的顶部当成晒谷子的地方，大卫曾经花了六百薛克尔金币买下此地作为圣迹。而现在，这里聚着大批大批的各国游客，能听到各种语言在吵吵嚷嚷……

她转身看着占据了圣迹的清真寺。想着所罗门的神殿是否能赶上它的一半美丽。

一阵嘈杂的脚步声传来，一小群人从清真寺里走了出来。是博因顿一家，有个能说会道的向导陪着他们。博因顿老夫人由雷诺克斯和雷蒙德搀扶着。娜丁和柯普医生跟在后面。卡罗尔最后出来。他们出来的时候，走在最后面的卡罗尔看到了莎拉。

她犹豫了一会儿，紧接着突然做了个决定。她换了方向，无声无息地快步穿过寺庙的院子。

"那个……"她跑得上气不接下气。

"我得——我——我觉得我必须得跟你说件事。"

"嗯？"莎拉说。

卡罗尔浑身发抖，脸色惨白。"是关于——关于我哥哥。

你——昨晚跟他说话的时候,你肯定觉得他很粗鲁。但他不是故意的——他——他没办法。哦,求你了,相信我。"

莎拉觉得这事真是可笑至极。她的骄傲和好品位都被彻底冒犯了。为什么会有个奇怪的女孩突然冲过来,为她粗野、没教养的哥哥莫名其妙地道这么滑稽的一个歉?

她当即就想反唇相讥——但是突然,她想起了什么。这里面有什么地方不对劲。这个女孩是非常真诚的。那些驱使莎拉致力于医生事业的悲悯在这姑娘的请求面前起了作用。她的本能告诉自己,一定发生了什么非常糟糕的事情。

她鼓励这个姑娘:"跟我仔细说说。"

"他在火车上和你说过话,对吗?"卡罗尔说。

莎拉点点头。"嗯,确切地说,是我跟他说话来着。"

"哦,肯定的,肯定是那样的。但是,你看,昨晚。雷很害怕——"她的话戛然而止。

"害怕?"

卡罗尔的脸色白得更加吓人。"哦,我知道这听起来很荒谬。但是你明白吗?我们的母亲——她——她没有那么好——她也不喜欢我们跟外面的人交朋友。但是——但是我知道雷想的——他想和你交朋友。"

莎拉越发好奇起来。在她开口前,卡罗尔又继续说了下去:"我知道我现在说的话听起来很滑稽,但是我们真的是个很奇怪、很奇怪的家庭。"她飞快地环顾了一下四周——一脸恐惧,"我——我不能一直待在这儿。"她喃喃地说,"他们会发现我不见了的。"

莎拉下定了决心。她开口道:"为什么你不能留在这儿?如果你愿意,我们可以一起走回去啊。"

"哦，不行。"卡罗尔畏缩了下，"我——我不能。"

"为什么不能？"莎拉说。

"我真的不能。我妈妈，她会——"

莎拉镇静而清楚地说："我知道有时候对父母来说，意识到自己的孩子已经长大是件很艰难的事情。他们总是想继续替孩子安排好一切。但是这样行不通，你明白的，不能总对父母言听计从！你必须捍卫自己的权利。"

卡罗尔喃喃道："你不明白——你一点儿都不明白……"她紧张地绞着手。

莎拉继续说下去："有时候我们妥协，是害怕争吵。争吵是让人很不舒服的事情。但是我想，行动的自由是值得我们为之奋斗的东西。"

"自由？"卡罗尔瞪着她，"我们没有人拥有过自由。我们永远都不会自由的。"

"胡扯！"莎拉嚷道。

卡罗尔将身子凑近，扶着她的胳膊。"听着。我必须得试着让你明白！在她结婚之前——实际上她是我们的继母——她是一个监狱的看守。我父亲是典狱长，他娶了她。从那之后，事情就变成这样了。她一直都是个看守监狱的人——我们就是囚犯。这就是我们过的日子——在监狱里受苦！我——我必须回去了。"

莎拉抓住她的胳膊。那姑娘眼看就要惊慌失措地跑开了。"等等，我们必须得再见面谈谈。"

"不行，我做不到。"

"不，你做得到的，"她用无可置疑的口吻说，"晚上睡觉的时候来我的房间。三一九。别忘了，三一九号房间。"她松开了手。卡罗尔跑向她的家人。

莎拉站在原地,望着卡罗尔远去的背影。等她从自己的思绪里回过神来,杰拉德医生正站在她身边。

"上午好啊,金小姐。看来,你已经和卡罗尔·博因顿小姐攀谈过了?"

"是的。我们的对话内容真是极其不同寻常。你听我跟你说。"

她把自己和那个姑娘的对话复述了一遍。

杰拉德注意到了一点。"那个老河马以前是个监狱的看守?或许这就可以说明很多事情了。"

莎拉说:"你的意思是,这能解释她为什么是个暴君?由于遗留下来的职业习惯吗?"

杰拉德摇摇头。"不,这其实是说反了。这应该是某种深层次的、隐藏在内心的动机。她并不是因为自己是个看守而爱上了独裁。我们或许应该说,正是因为喜欢做暴君,她才会选择监狱看守这份工作。在我看来,正是一种对于权力的秘密渴望压制了她其他的人性诉求,从而选择了这样一个职业。"

他的面容严峻。"无意识之中埋藏着各种奇怪的东西。比如,对权力的渴望——醉心于残酷地对待他人——想要撕裂破坏的野蛮欲望——这一切都源自我们过往的种族记忆之中……都在那里的,金小姐,那些残酷、暴虐、贪欲……我们对它们关上了门,拒绝它们进入我们的生活,但有的时候,那些欲望实在是太强太强了。"

莎拉颤抖起来。"我知道。"

杰拉德继续说道:"我们也能从各种政治信念,以及各国采取的行动中看到这种欲望。基于人道主义,抑或同情,抑或如同手足兄弟一般的好心。有时候那些信念听起来真的是非常美好,开明的政权，造福人民的政策——但是一旦被施以强权——便成了虐待和恐怖的基地。他们打开了门，那些暴力的信徒把古老的残虐释放了出来，继而享受这残暴中的狂喜！哦，这很难。人需要维持平衡。他的首要的目标是生存，然后才是进步，但过犹不及。人首先得生存下去！他需要维持一些古老的蛮性，但是他不能——哦，绝对不能——把它神化！"

两人沉默了一会儿。然后莎拉说："你是说博因顿老夫人是个虐待狂？"

"我觉得肯定是这样。我想，她很享受给人带去痛苦的感觉——提醒一下，我指的是精神上的痛苦，而非肉体上的。这非常少见，也很难对付。她喜欢控制其他的人，而且酷爱让他们饱受折磨。"

"真是残忍至极。"莎拉说。

杰拉德把自己和杰弗逊·柯普的对话告诉了她。

"他没意识到这是什么情况吗？"她若有所思地问。

"怎么会？他又不是精神学家。"

"这倒是。他没有我们这种令人讨厌的、究根探底的恶习。"

"是啊。他只有一颗美国人的心，正直，善良，敏感。比起罪恶，他更相信人性本善。他看得出博因顿家的氛围不正常，但是他并不觉得博因顿老夫人有错，只觉得她是好心办了坏事。"

"她肯定经常消遣他。"莎拉说。

"没错！"

莎拉焦躁地说："但是他们为什么不逃走？他们分明做得到。"

杰拉德摇摇头。"不，这你就说错了。他们做不到。你看过那个常见的公鸡实验吗？你在地上画一条线，然后把公鸡的嘴摁在上面，它就以为自己是被绑在那里了，根本抬不起头来。这家人的不幸是一样的。她已经在他们身上下足了功夫，记得吗？那可是从小就开始的。她已经成功地催眠了他们，让他们相信永远都不可能违抗她的意志。哦，我想大多数人都会说这是胡说八道。但你我心知肚明。在她的影响之下，他们已经相信，自己永远不可能脱离她的控制。他们已经在监狱里待了这么久，即使牢门已经打开，他们也意识不到！至少他们之中有一个已经失去对自由的渴望了。他们全都害怕自由。"

莎拉提了个很实际的问题。"那要是她死了会怎么样呢？"

杰拉德耸耸肩。"这得看她什么时候死了。即使她真的死了，我想，恐怕也为时已晚。那个男孩，还有那个小姑娘，还算年轻，也许还有机会——成为正常人的机会。至于雷诺克斯，很有可能真的太晚了。他在我眼里，是个毫无希望的人——他活着，忍受着，就像一头痛苦的野兽。"

莎拉忍不住说道："他的妻子应该做点什么！她得设法把他救出来啊。"

"我想是的。她很可能已经试过——但失败了。"

"你觉得她也被控制了吗？"

杰拉德摇摇头。"不。我不认为那位老夫人有能力控制她，而正因如此，她憎恶着那位老夫人呢。看看她的双眼。"

莎拉皱眉。"我真搞不懂她在想什么——我是说那个年轻的夫人，她明白事情已经到了什么地步了吗？"

"我想她一定已经心里有所打算了。"

"嗯。"莎拉说。"那老夫人真该死！要是我，就直接往她的早茶里放砒霜了。"接着她突然说，"那个年轻姑娘呢？那个笑容空洞，但长相迷人的红发姑娘。"

杰拉德皱眉。"我不知道,这点其实非常古怪。吉内芙拉·博因顿是那个夫人的亲生女儿。"

"是啊,我觉得她应该会受到特殊对待——对吧?"

杰拉德缓缓地说:"我并不这样认为。当一个人渴望控制别人,对虐待他人上瘾的话,这一欲望已经打败了人性。我觉得它并不会选择自己摧毁的对象——即使是自己的骨肉至亲也不会放过。"

他沉默了片刻,接着问道:"你是基督徒吗,小姐?"

莎拉缓缓地说:"我不知道,我曾经以为自己什么都不信。但是现在——我不知道——我觉得——哦,如果我能够将这一切一扫而光——"她做了个烦躁的手势,"扫光所有这些教堂、这些教派,这些打来打去的教会——也许我会看到基督骑驴进入耶路撒冷,我会信仰他。"

杰拉德医生肃穆地说:"我至少相信基督教义中的其中一条——'敝处安心'。我是个医生,我很清楚野心——渴望成功——向往权势——会让人的灵魂生出何种疾病。如果这欲望被满足了,那么得到的是残暴、傲慢和最终的永不知足;而如果这欲望得不到疏解——啊!如果这欲望得不到疏解,那么应该让所有的精神病院向公众证言!精神病院里塞满了人,那些人不能忍受平凡,不能忍受毫不受人瞩目、无能为力的生活,他们在那里便给自己找到一条逃离现实的路,从而永远与生活本身再不相见。"

莎拉突然说:"真可惜,博因顿老夫人没有被关进疗养院。"

杰拉德医生摇摇头。"不——她可不属于失败者之列。现状比那糟糕多了。她成功了,你明白吗?她已经完成了自己的人生愿望。"

莎拉打了个冷战。

她情绪激动地叫了出来:"我们必须设法做点什么!"

第七章

那一晚，莎拉一直在想卡罗尔·博因顿是否会如约前来。总的来说，她相当怀疑。经过上午的那一番倾吐，卡罗尔或许正处于激烈的后怕中。

不管怎么说，莎拉还是做了一番准备。她换上了一条蓝色丝质睡裙，拿出一盏小小的酒精灯，烧了些热水。就在她等不下去，想要准备上床休息的时候（已经午夜一点了），有人敲响了她的门。她打开门，飞快地让卡罗尔进来。

进来的人上气不接下气地说："我怕你已经睡了……"

莎拉特意做出一副漫不经心的样子。"哦，没有，我在等你呢。要喝点茶吗？是很地道的正山小种哦。"

她拿出一个杯子。起初，卡罗尔精神紧张，迟疑不安。她接过杯子和饼干，渐渐地冷静下来。

"这样很快活吧。"莎拉微笑着说道。

卡罗尔看起来有点吃惊。

"是的。"她踌躇着回答，"是的，我想是的。"

"就好像我们上学那会儿，大家经常在午夜吃夜宵。"莎拉继续说下去，"我想你没有上过学吧？"

卡罗尔摇摇头。"我们从来没有离开过家。我们有家庭教师——各种各样的家庭教师。他们向来待不久。"

"你从来都没出过门?"

"我们一直住在那幢房子里。这次出国是我第一次离开那幢房子。"

莎拉随意问了句:"你一定觉得这次出门是场大冒险吧。"

"哦,是的。简直——简直就像是一场梦。"

"你——你继母怎么想出国旅行?"

一提到博因顿老夫人,卡罗尔就有些哆嗦。莎拉飞快地补充道:"你知道,我恰巧是个医生,刚刚拿到学士学位。你的母亲——或者说你的继母——在我看来非常有趣。我是说作为一个病例,你明白的。我觉得她绝对是个病理学的典型案例。"

卡罗尔目瞪口呆。显然,这个观点在她看来是前所未有的。莎拉是故意这么说的,她意识到博因顿老夫人让整个家庭视她为某种强而有力的可怕偶像。莎拉的计划就是把她这层可怕的外皮给撕掉。

"是的,"她说,"这是一种病——非常严重的病——控制他人。这种病人非常专制,坚持每个人都必须完全按照自己的吩咐做事。这种病非常难治。"

卡罗尔放下自己的杯子。"哦,"她嚷道,"我真高兴能和你说话。你知道的,我相信雷和我都已经变得越来越——呃,就是很古怪。我们做起事来特别缩手缩脚。"

"和外面的人聊聊总是好的。"莎拉说,"总待在家里会让人发狂。"接着她又很随意地问了一句,"如果你不开心,为什么不试着离开家呢?"

卡罗尔看起来吓坏了。"哦,不!我们怎么能离开呢?我——我是说,母亲不会允许的。"

"但是她可拦不住你,"莎拉温柔地说,"你已经成人了。"

"我二十三岁了。"

"没错。"

"但是,我还是不明白——我是说,我不知道该去哪儿,做些什么。"她的语气听起来十分不知所措。"你明白吗?"她说,"我们没有钱。"

"你没有能够投奔的朋友吗?"

"朋友?"卡罗尔摇摇头,"哦,没有朋友,我们不认识任何人!"

"你们之中就没有谁想过要离开家吗?"

"不——我想没有。哦——哦——我们做不到。"

莎拉换了个话题。她觉得这个姑娘真是可怜极了。

她说:"你喜欢你的继母吗?"

卡罗尔缓缓地摇摇头。她压低声音,惊恐地说:"我讨厌她。雷也是……我们——我们经常希望她死掉。"

莎拉又换了个话题。"跟我讲讲你的长兄。"

"雷诺克斯?我不知道雷诺克斯怎么了。他现在几乎完全不说话,大白天里总是出神。娜丁担心他担心得要命。"

"你喜欢你的嫂子?"

"是的。娜丁不一样。她总是很和善。但是她也很不开心。"

"因为你的长兄?"

"是的。"

"他们结婚很久了吗?"

"四年了。"

"他们一直住在家里吗?"

"是的。"

莎拉问:"你嫂子喜欢这样吗?"

"不喜欢。"卡罗尔停顿了一会儿,又接着说,"大约四年前,他们发生过很可怕的争吵。你知道的,就像我刚刚告诉你的。我们没有人可以离开房子到外面去。我是说,我们可以去院子里,但是不能去别的地方。可是雷诺克斯出去了。有个晚上他出去了。他去了'春泉',那里在举办舞会。母亲发现这件事情后,大发雷霆。太可怕了。自那之后,她就请娜丁到家里来住。娜丁是父亲的一个远房亲戚,非常远。她很穷,正在受训成为一名护士。她来到家里,和我们住了一个月。我简直没法告诉你家里有外来的人是件多么让人高兴的事情!接着她和雷诺克斯陷入热恋。母亲说他们最好快点结婚,然后和我们住在一起。"

"娜丁也想这样吗?"

卡罗尔犹豫。"我不知道她想不想,但是她看起来并不介意。后来,她想搬出去——和雷诺克斯一起。当然——"

"但是他们没有搬出去?"莎拉问。

"没有。母亲连听都不想听。"卡罗尔顿了一下,接着说道,"我认为她不再喜欢娜丁了。娜丁很有趣。你从来都猜不到她在想什么。她想帮助金妮,但是母亲不喜欢她这么做。"

"金妮是你最小的妹妹?"

"是的。她的大名是吉内芙拉。"

"她——也不开心吗?"

卡罗尔忧心忡忡地摇摇头。"金妮最近特别奇怪。我搞不懂她。你看,她向来非常脆弱——而且——而且,母亲总是对她唠唠叨叨——这让她的情况更糟了。最近金妮真的特别特别奇怪。有时,她都吓着我了。她——她经常都不知道自己在做什么。"

"她去看过医生吗?"

"没有。娜丁想让她去,但是母亲不允许。金妮也会歇斯底里地尖叫,说她不要看医生。但我真的很担心她。"突然卡罗尔站了起来,"我不能一直不让你睡觉。你——你真是个好心人,让我来这里和你聊天。你一定觉得我们是非常古怪的一家人。"

"哦,说真的,人人都有古怪的一面。"莎拉轻巧地说,"请再来看我,好吗?带你哥哥一起来吧,如果你不介意的话。"

"真的可以吗?"

"当然。我们可以偷偷计划点什么。我还想让你们见见我的一个朋友:杰拉德医生,一位非常和善的法国人。"

卡罗尔的双颊染上绯红。"哦,这听起来太有趣了!只要我母亲没发现就好!"

莎拉努力压制住想要反驳她的念头,反而安慰道:"她怎么可能发现呢?晚安。明晚我们还能见面吧?"

"哦,是的。你看,我们或许后天就走了。"

"那我们明天一定要见个面啊。晚安。"

"晚安,谢谢你。"

卡罗尔走出房间,悄无声息地沿着走廊走着。她的房间在楼上。她走到房门前,打开门——惊慌失措地站在门口。

博因顿老夫人正坐在火炉旁的椅子里,套着深红色的毛呢睡衣。卡罗尔不禁轻喊了一声。"呀!"

一双黑色的眼睛盯着她。"你去哪里了,卡罗尔?"

"我……我……"

"你去哪里了?"那轻柔粗糙的声音里潜伏着古怪的威胁意味,总是能让卡罗尔因莫名的恐惧而心脏狂跳。

"去见金小姐——莎拉·金。"

"就是那晚和雷蒙德说话的女孩?"

"是的,母亲。"

"你还打算再去见她吗?"

卡罗尔的嘴唇无声无息地动了动。她点点头,恐惧——阵阵骇人的恐惧笼罩过来……

"什么时候?"

"明天。"

"你不会去见她的。明白吗?"

"是的,母亲。"

"你发誓?"

"好——我发誓。"

博因顿老夫人挣扎着站起来。卡罗尔机械地上前扶住她。老夫人缓缓地走过房间,拄着拐杖。她在门口站住,回头看着被吓坏了的女孩。

"你以后不准和那个金小姐再来往。明白吗?"

"明白了,母亲。"

"完整地说一遍。"

"我不会再和她有任何来往。"

"很好。"

博因顿老夫人走了出去,关上了房门。

卡罗尔穿过卧室,感觉浑身僵硬。她觉得恶心,整个身体木然而不真实。她跌坐在床上,突然颤抖着啜泣起来。就在刚才,她以为面前豁然打开了一条路——一条充满阳光,开满鲜花、种满绿树的大道……而现在,漆黑的墙壁再次缓缓合上围住了自己……

第八章

"我可以和你说一会儿话吗?"

娜丁·博因顿惊讶地转过身来,看到眼前站着一位自己完全不认识的年轻女人,一脸恳切。

"哦,当然可以。"她虽然这样说着,但又极不自觉地朝对方身后扫了一眼。

"我是莎拉·金。"对方继续说道。

"哦,是吗?"

"博因顿夫人,我可能会对你说些听起来非常奇怪的事情。前几天的一个晚上,我和你的小姑子谈了很长一段时间。"

娜丁·博因顿原本沉静的脸上似乎突然笼上了一层阴影。"你和吉内芙拉聊过?"

"不,不是吉内芙拉——是卡罗尔。"

那阴影退去了。

"哦,我明白了。是和卡罗尔。"

娜丁·博因顿看起来很高兴,但又非常吃惊。

"你是怎么做到的?"

莎拉说:"她来我房间找我——很晚的时候。"她看见对方苍白的额头上铅黑的眉毛微微扬起。莎拉有点尴尬地解释说:"你大概觉得这听起来很奇怪。"

"不，"娜丁·博因顿说，"我很高兴。确实很高兴。卡罗尔能有朋友聊天，这实在太好了。"

"我们……我们聊得很愉快。"莎拉仔细斟酌着措辞，"实际上，我们还约好再见面，就在次日晚上。"

"然后？"

"但是卡罗尔没有来。"

"她没去，是吗？"

娜丁的声音很冷——仿佛陷入了沉思。她的脸上平静无波，莎拉看不出她在想什么。

"没有。昨天她穿过大厅的时候，我还和她搭话，但是她不理我。只是看了我一眼，又飞快地挪开视线，然后跑开了。"

"原来如此。"

两人沉默了一会儿。莎拉发现这番对话实在很难继续下去。

娜丁·博因顿突然说："我——我很抱歉。卡罗尔——她很害羞。"

接着，两人又陷入沉默。莎拉握紧手，鼓起勇气。"你知道，博因顿夫人，我刚好还是个医生。我觉得——我觉得，卡罗尔这样把自己跟别人隔绝开来，躲得远远的，对她并不好。"

娜丁·博因顿若有所思地看着莎拉。她说："我明白了，你是个医生。那的确就不一样了。"

"你明白我的意思了？"莎拉急急地说。

娜丁点点头，仍然在思考着什么。"你说得很对，当然了。"过了一两分钟后她说，"但是事情并不简单。我婆婆身体不好，而她……我只能说她有些病态的偏执，她不喜欢外人过分插手她的家族事务。"

莎拉反驳："但是卡罗尔已经长大了。"

娜丁·博因顿摇摇头。"不,"她说,"在生理上她的确是长大了,但在心理上远远没有。你和她聊过天,肯定看得出来。一旦遇到紧急情况,她简直就像是个被吓坏了的孩子。"

"你是说之前发生过什么?你觉得有什么事情让她——害怕吗?"

"我只能靠猜测,金小姐,我婆婆肯定不许卡罗尔再和你来往。"

"卡罗尔也就同意了?"

娜丁·博因顿安静地说:"你觉得她还能有别的选择吗?"

两人视线相遇。莎拉感觉到,在这看似平常的对话之下,两人已经很明白彼此在说些什么。她觉得娜丁很清楚眼下的处境。但是她显然也不打算再继续讨论下去。莎拉觉得十分挫败。对她来说,那一晚就像是战争已经打赢了一般。她想通过偷偷见面的方式来鼓起卡罗尔的反叛精神——当然还有雷蒙德的。(说真的,雷蒙德其实一直都在她脑子里盘桓不去。)

而现在,就在这战争刚刚开场的第一回合,她就已经被那个皮肉松弛、眼睛闪烁着邪恶之光的老夫人打败了。卡罗尔根本没有抵抗就被掳走了。

"简直大错特错!"莎拉喊了出来。

娜丁没有回答。她的沉默让莎拉幡然醒悟,就如同一双冰冷的手压在了莎拉的心口。她想着:"这个女人知道眼下的情景是多么让人绝望。她知道得比我还清楚。因为她就生活在其中啊!"

电梯门打开了。博因顿老夫人走了出来。她拄着根拐杖,雷蒙德在另一侧搀扶着她。莎拉沉默着看向那里。她看着老夫人的视线从自己身上又到娜丁身上,来回往复。莎拉原本已经做好了心理准备,博因顿夫人的眼神里也许会有厌恶,甚至憎恶。但她并没有想到——她看到的是胜者的炫耀和充满敌意的欣喜。

莎拉转身离开。娜丁则往前走,加入了那两人的行列。

"原来你在这里啊,娜丁,"博因顿夫人说,"我要坐下歇一歇,再启程出发。"

他们把老夫人安置在一把高背椅子里。娜丁在她身边坐下。

"你刚刚是在和谁说话,娜丁?"

"金小姐。"

"哦,是她啊,那个女孩之前跟雷蒙德说过话。雷,你为什么不过去跟她聊聊天呢?她就在那边的桌子边上呢。"

老夫人回身看雷蒙德,咧着嘴,露出一副邪恶的微笑。雷蒙德的脸红了。他转开头,低声嘟囔着什么。

"你说什么呢,孩子。"

"我不想和她说话。"

"那当然,我想也是。你不能和她说话。你不能,不管你有多想!"

她突然剧烈咳嗽起来——几乎喘不上气。"我还挺享受这次旅行的,娜丁。"过了一会儿,她说,"不管发生什么事,我可不能错过这难得的乐趣。"

"是的。"娜丁的声音干巴巴的。

"雷?"

"是的,妈妈。"

"去给我拿张便条纸——就在那边角落的桌子上。"

雷蒙德依言起身去拿。娜丁抬起头,她看着的不是那个男孩,而是老夫人。博因顿老夫人身子正往前倾着,鼻孔因为兴奋而大张着。雷离莎拉越来越近。莎拉抬起头,脸上浮现出满怀希望的神情。但接着，雷与她擦肩而过，希望的神情陡然消失。雷蒙德从桌上拿了便条纸，又转身朝屋子这边走来。

等雷蒙德回来，他的脸上渗出了汗珠，面色苍白得如同死人。博因顿老夫人非常轻柔地低语道："啊……"她看着他的脸。接着她看到娜丁正望着自己，眼中隐含怒意。

"今天早上，柯普先生去哪儿了？"老夫人问。

娜丁的眼神再次垂落。她用平静、丝毫不带感情的声音回答道："不知道，我没有看见他。"

"我喜欢他，"博因顿夫人说，"非常喜欢。我们可以多跟他见见面。你也喜欢见到他，对吧？"

"没错，"娜丁说，"我也很喜欢他。"

"雷诺克斯最近是怎么回事？他看起来郁郁寡欢，一言不发。你们之间没出什么事儿吧？"

"哦，当然没有。怎么可能有事呢？"

"想来奇怪，有些夫妻就是脾气不相投。或许搬出去单独生活，你还能过得开心点儿？"

娜丁没有回答。

"快说说，你觉得这个主意怎么样？对你没什么吸引力吗？"

娜丁摇摇头，微笑着说："我觉得这对你来说没什么吸引力，妈妈。"

博因顿老夫人的眼睛闪了闪。她声音尖锐，眼神恶毒无比。"你总是跟我作对，娜丁。"

年轻女人平静地回答："我很遗憾您会这么想。"

老夫人的手抓紧了拐杖。她的脸似乎要变成绛紫色了。她话锋一转，"我忘记拿药了。娜丁，你去帮我拿来。"

"好的。"

娜丁站起来，穿过大厅，走到电梯。博因顿老夫人在后面看着她。雷蒙德四肢无力地坐在椅子里，眼里满是木然的悲哀。娜丁上了楼，穿过走廊。她走进了他们套间的客厅。雷诺克斯正坐在窗边。手里捧着一本书。但他并没有在看书。看到娜丁走进来，他站起身。"嗨，娜丁。"

"我上来给妈妈拿药。她忘带了。"她继续走着，走进了博因顿老夫人的卧室。从洗漱台下面的瓶子里，她取了一顿的量放进小茶杯，然后往里倒满了水。等她再度经过客厅的时候，她停下脚步。"雷诺克斯。"

过了一会儿，他才应声。就好像这句话从很远的地方传来，走了很久才到他那里。然后他说："抱歉我没听清。你说什么？"

娜丁小心地把杯子放到桌子上。接着，她走过去，站到了雷诺克斯身边。"雷诺克斯。看看外面的阳光。看看窗外。看看生活。生活很美很美。我们或许应该出去，而不是站在这里，透过窗户向外望。"

接着又是一阵沉默。过了一会儿，他说："我很抱歉。你想出去吗？"

她答得飞快。"是的，我想出去。和你一起——走到阳光下面！走到生活里——真正地生活——我们俩一起。"

他缩进椅子里，眼睛不知该看向哪里，就如同被追上的猎物一般心神不宁。"娜丁，我亲爱的娜丁，我们真的必须再这么谈一次吗——"

"是的。我们离开这里，到别的地方过完全属于我们自己的生活吧。"

"怎么可能？我们没有钱。"

"我们可以赚钱。"

"我们怎么能赚到钱?怎么可能做得到?我什么都不会。成千上万的人——而且是有能力的、受过训练的人——眼下都没有工作。我们能做什么?"

"我可以赚钱养活我们俩。"

"我亲爱的孩子,你甚至都没能完成自己的学业。这没戏——根本不可能。"

"不。真正毫无希望、没有可能的是我们现在的生活。"

"你不知道自己在说什么。母亲对我们非常好。她让我们过上了养尊处优的生活。"

"除了给我们自由。雷诺克斯。试一把吧。和我一起,就今天——"

"娜丁,我想你真是疯了。"

"不,我清醒得很。绝对、完全的清醒。我想拥有自己的生活,和你一起,在阳光下,而不是被禁锢在一个老太太的阴影里,一个暴君,一个以你的不幸来构建自己好心情的暴君。"

"母亲或许是有点过于——"

"你妈妈是个疯子!她疯了!"

他温和地回答:"这话可不对。她非常有经营头脑。"

"或许——是的。"

"而且你明白的,娜丁,她活不久了。她已经六十多岁了,身体又那么差。她死后,我父亲的钱就可以分给我们了,平均分配。你记得吧,她曾经给我们读过遗嘱。"

"等她死了,"娜丁说,"或许已经太晚了。"

"太晚了?"

"对于幸福来说,太晚了。"

雷诺克斯喃喃地说:"对于幸福来说太晚了。"他突然发起抖来，娜丁紧紧靠着他。她的手放在他肩头。

"雷诺克斯,我爱你。这是一场我和你母亲之间的战争。你要站在哪一边?她,还是我?"

"你这边,你这边啊!"

"那就照我说的做。"

"那不可能啊!"

"不,并非不可能。想一想,雷诺克斯,我们可以有自己的孩子。"

"妈妈想让我们有孩子的,不是吗?她亲口说的。"

"我知道,但是我不会让我的孩子在你成长的阴影中成长。你的母亲可以影响你,但是她不能影响我。"

雷诺克斯喃喃道:"你有时让她非常生气,娜丁。这不明智。"

"她生气只是因为她知道自己左右不了我的思想,抑或支配我的想法!"

"我知道你已经对她非常礼貌、非常温和了。你的一切都那么美好。对我来说,你简直美好得过分。你说愿意嫁给我的时候,那就像是一场无法想象的美梦成真。"

娜丁平静地说:"嫁给你是我犯的一个错。"

雷诺克斯无望地说:"是的,你错了。"

"你没明白我的意思。我是说,如果那个时候,我离开你家,并要你跟我走,你会那么做的。是的,我相信你会的——只是当时我还不够聪明,没有明白你母亲是个什么样的人,以及她要的是什么。"

她顿了顿,又接着说下去。"你不愿意和我一起走吗?好吧。我不能强迫你。但是我有离开的自由!我想我该走了……"

他难以置信地瞪着她。第一次，他回答得这么快，就好像到了最后，他那迟缓的思绪终于加了速。他结结巴巴地说："但是——但是——你不能这样做。母亲——母亲不会想听到这个的。"

"她可没办法阻止我。"

"你没有钱。"

"我可以赚钱，借钱，乞讨，甚至偷窃。你明白吗？雷诺克斯，你母亲对我毫无掌控的力量！我可以留，也可以走，全凭我自己的意愿。我开始觉得，自己已经忍受这样的生活太久太久了。"

"娜丁——不要离开我——不要离开我……"

她看着他，若有所思。非常平静，表情难以揣测。

"不要离开我，娜丁。"他像个孩子一样乞求着。她扭开头，这样，他便不会看到她眼里突然涌现的痛苦。

她在他身前跪下。"那就和我一起走。和我一起！你可以做到的！只要你想，就可以做到！"

他从她身前退缩回去。"我做不到！我做不到！我告诉过你的。我不行——求上帝怜悯——我没有那个勇气……"

第九章

杰拉德医生走进旅行社的办事处,看到了柜台边的莎拉·金。

她抬起头。

"哦,早上好,我正在预定去佩特拉的行程。我刚听说你也要去那边呢。"

"是的,我发现我还是能腾出时间去一趟的。"

"棒极了。"

"我想我们有挺多人一起呢,不是吗?"

"他们说还有另外两个女人——再加你和我。刚好一辆车。"

"这听起来真让人高兴。"杰拉德说完,微微一欠身,转身忙自己的手续去了。眼下,他手里握着自己的信,和莎拉一起走出了办公室。这是个阳光灿烂的日子,就是有一点点凉气悬在空中。

"我们的那群朋友,博因顿一家,有什么消息吗?"杰拉德医生问,"我在伯利恒、拿撒勒和别的地方转了三天。"

莎拉意兴阑珊地把自己和博因顿一家试图接触的失败经历讲了一遍。"反正我失败了,"她下了结论,"而且他们今天就离开了。"

"他们要去哪儿?"

"完全不知道。"她气呼呼地说,"我觉得,我简直就是做了件蠢事。"

"何出此言?"

"我干涉了别人的家务事。"

杰拉德耸耸肩。"这得看情形而定。"

"你是说应该干涉?"

"是的。"

"换成你,你会怎么做?"

法国人看起来被逗乐了。"你是说,我有没有为别人的家事操心的习惯?我可以坦白地告诉你——没有。"

"那你觉得我不该这么费劲地去做这件事?"

"不,不,你误会了。"杰拉德急切地解释说,"我想,这是一个需要仔细讨论的问题。如果一个人看到不公正的事情,他是不是应该竭尽全力去把这件事处理妥当?一个人的干涉或许是为了做好事——但这可能造成无法预计的伤害。这种事没法确立一个标准,然后一概而论的。有些人善于干涉,他们处理起来游刃有余!有些人就做得笨手笨脚,这种人还是别去干涉的好!这里面同样也有年龄上的问题。年轻人总是有勇气——理想啊,抱负啊,他们的价值观比较理想化。他们还没有经历过现实和理想的矛盾。如果你相信自己,同时又相信自己所做的事情是光明而正义的,你自然会竭尽全力去完成一件大善事。当然,也许出了岔子,会做出非常有害的事情。从另一方面来说,中年人更有经验。他深知如果出手干涉也许有益,也许有害,甚至可以说,更多的时候还是损害居多。因此,他会非常明智地克制自己。所以结果是平局——急切的年轻人既做了好事也会带来伤害——而谨慎的中年人则两样都不做。"

"这堆理念可真是没什么用处。"莎拉反驳。

"一个人是否总能给别人提供帮助？这是你的问题，可不是我的。"

"你的意思是，就博因顿一家的情况来说，你打算束手观望？"

"是的，对我来说，插手帮忙根本不可能有机会成功。"

"那么对我来说也是？"

"对你来说，或许还有可能成功。"

"为什么？"

"因为你有独特的资质。你年轻，而且貌美诱人，富有性吸引力。"

"性吸引力？哦，我明白你的意思了。"

"凡事谈来谈去，总归会回到性上，不是吗？你跟那个姑娘的沟通是失败了，但是不见得跟她哥哥的接触也会失败。正如你刚才告诉我的，也就是卡罗尔告诉你的，可以看得出，博因顿老夫人的统治有个非常明显的威胁。那个年长的儿子，雷诺克斯，就曾经借着年轻的劲头反抗过她。他逃出了自己的家，去了当地的舞会。一个男人想要找到伴侣，欲望如此强烈，这可要比催眠术强得多了。但是老夫人显然清楚性的力量。她这辈子在职业生涯里肯定见过一些。所以，她非常高明地处理了这件事，把一位漂亮而身无分文的姑娘领到自己家里，促成了一桩婚姻。这样还得到了一个新的奴隶。"

莎拉摇头。"我不觉得年轻的博因顿夫人是个奴隶。"

杰拉德表示同意。"对，或许她的确不是。大概是因为她表现得沉静温顺，博因顿老夫人才低估了她的意志力和个性。当年，娜丁·博因顿太年轻，不谙世事，以至于没有对他家的状况有个清晰的认识。现在，她意识到了，但为时已晚。"

"你觉得她放弃希望了吗？"

杰拉德医生怀疑地摇摇头。"如果她心里有所打算，没人会了解她想做些什么。你知道的，很有可能柯普先生就跟她的计划有关。男人是天性善妒的生物——而嫉妒是驱使人做事的一大强力动机。雷诺克斯·博因顿或许能从他那惯性的迟缓反应中被拽出来。"

"你觉得——"莎拉突然换成了非常职业化的腔调，"我或许有机会影响雷蒙德？"

"确实如此。"

莎拉叹气。"如果早知道是这样，我会努力尝试的——唉，不管怎么说，现在真的是为时已晚了——而且我不喜欢这个主意。"

杰拉德看起来被逗乐了。"那是因为你是英国人！英国人对性的态度过于复杂了。他们总觉得那东西'不怎么好'。"

莎拉愤愤不平的反应对杰拉德医生完全没有影响。"好啦好啦，我知道你是一位非常现代的小姐，你能率性地当众使用你能在词典里找到的最不文雅的词，毕竟你是专业人士，而且完全不持偏见！但是，我还是得重申一遍，你拥有和你祖母、母亲全无差别的种族基因。你仍然是个容易害羞脸红的英国小姐，尽管表面上来看你从不脸红！"

"我从来没听过这种混账话！"

杰拉德医生眨眨眼，从容不迫地补充了一句："而这让你魅力十足。"

这次，莎拉真的说不出话来了。

杰拉德医生匆匆举起帽子。"我先走一步啦，"他说，"免得你把脑子里的话都倒出来。"

他逃进了酒店。

莎拉缓缓地跟上。那里面看起来可真是忙碌。好几辆车载满了行李，正准备出发上路。雷诺克斯和娜丁，还有柯普先生，正站在一辆大车旁边监督进度。一个胖乎乎的翻译员正站在一旁，用相当流畅的英语和卡罗尔说话。

莎拉从他们身旁经过，走进酒店。博因顿老夫人正裹在一件厚重的大衣里，坐在一把椅子上，等着出发。莎拉看着她，一阵古怪的感觉席卷而来。

她曾觉得博因顿老夫人满身罪恶，纯粹是邪恶的化身。而现在，她看到的是一位老人，孱弱无力，十分可怜。天生就对权势如此的渴求，渴望操控一切，但最后能做的，也不过是一家子人的暴君罢了！但愿她的孩子能像莎拉这样看待这个人——愚蠢，恶毒，可悲，装腔作势的老女人。

猛的一阵冲动，莎拉走向她。

"再见了，博因顿夫人。"她说，"祝你旅途愉快。"

老人看着她。恶狠狠的怒气从她双眼中喷出。

"你对我相当的粗鲁无礼。"莎拉说。（我是疯了吗？莎拉想。我究竟在想什么，会跟她说这些话？）"你花了大力气，阻止你的女儿、儿子来和我做朋友。说真的，你不觉得这真是非常愚蠢、幼稚吗？你想做个令人敬畏的食人魔。但实际上，你不过是个既可怜又滑稽可笑的老太婆。如果我是你的话，我会放弃这些蠢不可及的游戏。你觉得我在这儿说这些话一定很讨厌吧，但我是真心实意的——这话可能不中听。你知道你还是能有不少乐趣的。友好一点，善良一点，真的会好很多。只要你试试，总可以做到的。"

一阵沉默。博因顿老夫人就像是已经冻僵了,无法动弹一样。最后,她终于舔了舔自己干裂的嘴唇,张开了嘴……

"说啊!你想对我说什么都行。但是想想我刚才对你说的话吧。"

她最终还是说话了——声音粗糙,语调轻松,但是极具恫吓力。博因顿老夫人仿佛毒蝎一般的双眼并没有看向莎拉,而是非常奇怪地越过了她的肩头。她看起来似乎不是对着莎拉说话,而是对着什么颇为熟悉的亡灵。

"我从不忘记。"她说,"记住这一点。我从来不会忘记任何事,任何一个举动,一个名字,一张脸……"这些话本身并没有什么,但是她的语气中蕴含的恶意却让莎拉忍不住后退了一步。

接着老夫人笑了。笑声非常可怕。

莎拉耸耸肩。"你真是莫名其妙。"她说完便转身离开,走向电梯的时候,几乎和雷蒙德·博因顿撞了个满怀。她突然忍不住飞快地说了句:"再见。我愿你过得愉快。或许有一天我们会再见面。"

她冲他微笑,笑容温暖而友好。接着便快步离开了。

雷蒙德站在那里,几乎化成了石头。他迷失在自己的思绪里,以至于有个留着小胡子的小个子男人为了走到电梯那边,不得不跟他说了好几遍:

"对不起,请让一让。"

最后他终于听到了。雷蒙德站到一边。"抱歉抱歉,"他说,"我——我在想事情。"

卡罗尔朝他走过来。"雷,去接一下金妮,好吗?她又回房间了。我们得出发了。"

"好的。我会告诉她让她直接下来的。"雷蒙德走进电梯。

赫尔克里·波洛站在他身后望了他好一会儿。他抬着眼眉，头微微侧向一边，就好像正在聆听着什么。紧接着，他赞同地点了点头。走过大厅时，他看到了正和老夫人站在一起的卡罗尔。接着，他招呼来了领班的侍应生。

"抱歉，你能告诉我那边那群人是谁吗？"

"那是博因顿一家，先生。他们是美国人。"

"谢谢你。"赫尔克里·波洛说。

三楼，杰拉德医生正走向自己的房间，和等待电梯的雷蒙德·博因顿和吉内芙拉擦肩而过。就在两人要进电梯的那一瞬间，吉内芙拉说："等一下，雷。在电梯这里等我。"她跑回去，转过一个墙角，抓住了正走着的人。"等等——我必须和你说句话。"

杰拉德医生惊讶地看着她。姑娘贴近过来，抓着他的胳膊。"他们要带走我了！他们肯定是想杀了我……我不是他们家的人，你明白吗？我不姓博因顿……"她急匆匆地说，说话又快又急，字和词都粘连在一起。"我信任你，我会跟你说实话。我——我是王室的人，真的！我是王位继承人。这就是为什么我周围都是敌人。他们想毒死我，用了各种各样的方法……求你帮我——帮我逃走——"她突然不说了，有脚步声传来。

"金妮——"

她突然吃了一惊，惊慌中的模样十分美丽。女孩将一根手指压在唇上，抛给杰拉德一个恳请的眼神，接着跑开了。"我这就来，雷。"

杰拉德医生挑了挑眉毛，继续走自己的路。他慢慢地摇着头，越发蹙紧了眉头。

第十章

启程前往佩特拉的早晨。

莎拉刚下楼,便发现一个大个子的傲慢女人,鼻子就像头摇摇木马。之前她已经注意到这个女人了。眼下这个女人正在对车子的尺寸表示强烈抗议。

"这也太小了!四个乘客?再加一个翻译?我们当然需要更大的车子!把这辆车开回去,重新换辆大一点的过来。"

旅行社的人无论怎样解释都是徒劳,提高声调也无济于事。这就是旅行社通常提供的车子,这款车乘坐起来其实非常舒服。大一点的车子并不适合沙漠旅行。那个大个子女人,打个比方的话,就像一个大蒸汽火车的滚轮,直接碾压过他。接着她注意到了莎拉。"金小姐吧?我是韦斯特霍姆爵士夫人。想必你同意我的意见吧?这辆车子实在是小到根本不能用。"

"是啊,"莎拉谨慎地说,"我想大一点的车子总归会舒服一点。"

旅行社的年轻人嘟囔了几句,大意是大一点的车子花费更贵。

"车费已经包括在之前的合约里了。"韦斯特霍姆爵士夫人坚定地说,"我不会再多付一分钱。而且你们的合同里很清楚地写了'舒适的车子'。你们得遵守合同里的承诺!"

认清自己毫无胜算之后,旅社的年轻人又嘟囔了几句,表示会再想想办法，然后沮丧地离开了。韦斯特霍姆夫人转身面向莎拉，胜利的微笑挂在她阴沉的脸上，又大又红的木马鼻子一鼓一鼓的，十分得意。

韦斯特霍姆爵士夫人在英国政界算是个响当当的人物。韦斯特霍姆爵士时值中年，性格单纯，仅有的乐趣不过是狩猎和钓鱼。在他从美国回乡的路上，同行的旅伴里有位凡茜塔夫人。没过多久，凡茜塔夫人就变成了韦斯特霍姆爵士夫人。这桩婚姻常被用作例子，借以说明跨大西洋旅程的危险所在。这位新晋的爵士夫人生活在苏格兰淳朴的乡村，养着狗，横行乡里，强迫丈夫参与公共事务。不过，在发现韦斯特霍姆爵士对此实在毫无兴趣，估计以后也不可能有之后，她就宽厚地允许爵士继续他的野外兴趣爱好，自己则亲自出马参政。她竞选国会议员，结果凭借压倒性优势入选。在那之后，她便以极大的热情投身到了政治生活里，而且相当活跃。最近，有关她的漫画也逐渐刊登到了报纸上（这通常是成功的表现）。作为公众人物，她支持旧式家庭道德与妇女福利，还是国际联盟的热情支持者。在针对农业、住宅和消除贫民窟等事情上，她都发表过颇为独特的见解。她受到广泛的尊敬，同样也招来了不少嫌恶。等她所在的政党取得政权，她便有机会出任次长级别以上的职位。目前由于工党和保守党的分歧，倒是自由党内阁颇为出人意料地占据优势。

韦斯特霍姆爵士夫人颇为满意地看着那辆车开走。"男人总以为女人好骗。"她说。

莎拉想，要是哪个男人胆敢哄骗韦斯特霍姆爵士夫人，那可真是个勇士！她介绍了一下刚从旅馆出来的杰拉德医生。

"当然，我早就听过您的大名。"韦斯特霍姆爵士夫人一边说，一边和他握手，"我在巴黎的时候曾经和克里蒙梭教授聊过。

我最近正参与讨论有关贫穷阶层精神失常者的应对问题，我对此真的非常有兴趣。在另一辆好点的车开来之前，我们先进去等一等吧。"

刚刚在附近转悠的那位中年女士是这一行里的第四位客人，安贝尔·皮尔斯小姐。她也在韦斯特霍姆爵士夫人的庇护下，一阵风似的走进了屋子里。

"你是职业女性吧，金小姐？"

"我刚刚拿到医学学士学位。"

"很好，"韦斯特霍姆爵士夫人的赞许口吻中隐含着纡尊降贵的意味，"记住我的话，如果想完成任何成就，女人的力量必不可少。"

这还是第一次，莎拉非常不快地意识到了自己的性别。她跟着爵士夫人坐下。大家坐着等了一会儿，爵士夫人跟她们讲了自己如何拒绝了入住高级行政长官府邸的邀请。

"我可不想被官僚干扰。我想要亲自去视察。"

"视察什么？"莎拉很纳闷。

韦斯特霍姆爵士夫人接着解释说，她住在所罗门酒店，是为了行动自由。她又补充了一句，自己还给酒店的经理做了不少指导，好让他们更为高效地经营酒店。

"效率为先，"韦斯特霍姆爵士夫人说，"是我的座右铭。"

显然如此！十五分钟后，一辆又大又舒适的车按时开到了酒店门前——在韦斯特霍姆爵士夫人清楚指示了如何摆放旅行箱之后，这一行人终于出发了。

他们的第一站是死海。一行人在耶利哥吃了午饭，之后韦斯特霍姆爵士夫人拿着导游手册，和皮尔斯小姐、医生还有胖翻译一起出发，去参观古都耶利哥。莎拉留在了酒店的花园里。

她的头有点痛,想独自待一会儿。心头沉郁难当——这心情她几乎难以解释清楚。她突然觉得无精打采,对什么都提不起兴趣,也不想去观光,还对自己的旅伴感到厌烦。在这一刻,她后悔安排了这次的佩特拉之旅。花销这么昂贵,又几乎可以肯定自己完全不会觉得享受!韦斯特霍姆爵士夫人那聒噪的声音,皮尔斯小姐无休无止的叽叽喳喳,还有那个翻译反犹太复国主义的悲叹——没完没了,这些几乎已经把她的神经给撕碎了。杰拉德医生虽然了解她的心情,但他的嘲弄态度也很让她心烦。

她想着,不知道博因顿一家现在在哪里——也许在叙利亚——或者已经在巴勒贝克或者大马士革了。雷蒙德——雷蒙德在做什么呢?真奇怪啊,他的脸居然清清楚楚地浮现在她眼前,那一脸的迫切,紧张不安,绷紧的神经……哦,天哪!为什么要惦念一个她很有可能再也见不到的人呢?和那个老女人交谈的那一幕——到底是什么促使她大步走到了老夫人面前,说出了那么一番胡话?别人也一定听到了。她记得当时韦斯特霍姆爵士夫人就在那里。莎拉试着回忆自己到底说了些什么。那些话听起来应该相当荒谬和歇斯底里。哦,上帝啊,她把自己搞成了个蠢货!但是这真的不是她的错——这都得怪博因顿老夫人。她身上有些东西,逼人脱离自己的轨道。

此时,杰拉德医生走了进来,一屁股坐进椅子里,擦着额头的汗。"哦!那女人真该被毒死!"他嚷道。

莎拉吃了一惊。"博因顿夫人?"

"博因顿夫人?不,我是说韦斯特霍姆爵士夫人!她居然还能有丈夫,这事简直离奇!他居然能活到现在都没被气死。她丈夫得是什么材料做成的啊!"

莎拉笑了。"哦,他的全部生活就是'打猎、钓鱼和射击'

嘛。"她解释道。

"从心理学上来说,真是对极了!他的欲望全都通过杀死所谓的低级生物得到释放了!"

"我相信他一定为妻子的成就感到自豪吧。"

法国人附和道:"因为这样她就不常在家待着了,是吧?哦,这我倒是非常理解。"他接着说下去,"你刚刚说什么?毒死博因顿夫人?毫无疑问,毒死她是个绝顶的好主意。无可否认的是,这的确是解决那个家庭问题的简单方案!实际上好多女人都该被毒死。所有又老又丑的女人。"他露出一副颇有深意的神色。

莎拉哭笑不得地喊道:"哦,你们这些法国人!在你们心里,既不年轻也不漂亮的女人就一无是处。"

杰拉德耸耸肩。"我们不过是实话实说罢了。你们英国人也不会在地铁或火车上为丑女人让座——不会,他们才不会呢。"

"这样的人生真让人泄气。"莎拉叹气。

"你可没有必要叹气,小姐。"

"好吧,今天不知道怎么了,我就是很不快活。"

"那是自然。"

"你说'自然'——什么意思?"莎拉追问。

"如果你诚实地审视自己的心情,就能知道缘由了。"

"我想,是我们的旅伴让我很不快活。"莎拉说,"虽然这样说太可怕了,但是我讨厌女人!如果她们像皮尔斯小姐那样做事慢得要死,又呆又笨,我会觉得讨厌;如果她们效率奇高,就像韦斯特霍姆夫人似的,我会觉得更讨厌!"

"我觉得吧,那是因为这两个人都不可避免地让你烦心。韦斯特霍姆爵士夫人正志得意满,过着自己想要的幸福、成功的生活。而皮尔斯小姐呢,当保姆当了这么多年,突然得到一小笔遗产，于是过上了自己这辈子一直在幻想的生活，出来旅行。目前为止，旅行完全符合她的期待。至于你，你刚刚争取自己想要的东西却没成功。很自然的，看着眼前成功的人在生活里比你幸福得多，自然会心生憎恨。"

"我想你是对的，"莎拉阴沉地说，"你可真是个精准到吓人的读心师。无论我多想欺骗自己，还是骗不过你。"

就在这一刻，其他人都回来了。在那三个人里，向导看起来尤为疲惫。在去安曼①的路上，他一言不发，几乎什么都没讲。他也不再讲犹太人的事情。这对大家来说，倒是让人相当感激的好事。自打从耶路撒冷启程以来，他就一直在喋喋不休地念叨着犹太人的非法行径，几乎磨掉了所有人的耐心。

小道蜿蜒而上，曲折回转，沿路是夹竹桃林丛，掺杂着玫瑰色的花。

下午晚些时候，他们到了安曼，短暂参观了格雷格-罗马剧院之后，便早早上床休息了。他们明天得早起，接着又要花上一整天穿过沙漠，向马安②赶去。

八点后他们就出发了。一路上，大家都十分沉默。白日热辣，中午的时候他们稍事休息，吃了顿野餐。这儿实在是很热，热得让人窒息。大热天和其他四个人被关在一起的烦闷感觉几乎扰乱了每一个人的神经。

韦斯特霍姆爵士夫人和杰拉德医生在国际联盟问题上发生了让人不快的争论。爵士夫人坚定地支持国际联盟；而法国人却讥讽联盟巨大的开销。从联盟对待阿尔及利亚和西班牙问题的态度一直争吵到了立陶宛边境纠纷，以及国际联盟大规模揭发毒品走

---

① 安曼（Amman），约旦首都。
② 马安（Ma'an），约旦南部城市。

私等莎拉闻所未闻的问题。

"你必须承认,他们的工作是伟大的。伟大的!"爵士夫人尖声咆哮。

杰拉德医生耸耸肩。"或许是吧,但开销也真是够巨大的!"

"事态严重!在毒品走私的威胁下——"这番争论无休无止。

皮尔斯小姐低声对莎拉说:"和韦斯特霍姆爵士夫人旅行真是再有趣不过了啊。"

莎拉酸溜溜地嘀咕了一句:"是吗?"但是皮尔斯小姐没有留意她话里的不悦,继续兴高采烈地低声说下去。"我经常在报纸上看到她的名字。这个女人真聪明啊,从政,还站在女性这一边。女人可以做出一番事业,真让我高兴!"

"为什么?"莎拉蛮横地反问道。

皮尔斯小姐张大了嘴,有些不知所措。"哦,因为——我是说——因为——好吧——女人能做成什么事,多了不起啊!"

"我不觉得,"莎拉说,"任何人能够成就一番事业总是让人高兴的。无论这个人是男是女。不是吗?"

"好吧,当然——"皮尔斯小姐说,"是的——我承认——当然了,从这个角度来说——"话虽这样说,她看起来仍然有些不满,于是莎拉温和地开了口:"很抱歉,但我真的不喜欢这么强调不同性别。'现代女性的人生观很现实'这种论调根本不对!有些女人很务实,有些则不然。有些男人非常情绪化,容易伤感,有些则头脑清晰,富于理性。这只是不同的大脑,性别只有在和性相关的时候才会有所不同。"

性这个词让皮尔斯小姐涨红了脸,急急地换了话题。"真怀念有阴凉的地方,"她嘟囔着,"但这种无人的空旷也很棒,是吧?"

莎拉点点头。是的,她想着,这种空空荡荡、渺无人烟的感觉非常美妙……治愈心灵……安详宜人……没有烦人的人际关系要惦念……没有烦人的个人问题!现在,至少是现在这一刻,她感到自己是自由的,不受博因顿一家的牵绊。不再被那个压迫人的念头所控制,想要去干涉别人的生活,那些人的生活轨迹离自己那么远,根本没有插手的机会。她觉得平静祥和。这里只有孤寂,空灵,宽广……实际上,这里有安宁……只是,当然了,她不是独自在这里享受。韦斯特霍姆爵士夫人和杰拉德医生已经结束了他们有关毒品的争论,开始讨论一个被卖到阿根廷酒馆,遭遇悲惨的年轻少女的故事。杰拉德医生语言诙谐,而韦斯特霍姆爵士夫人则是标准的政客,毫无幽默感,只会没完没了地悲叹。

"我们出发吧?"疲惫不堪的向导说,接着又开始谈论犹太人的违法行径。

距太阳落山还有一个小时的时候,他们终于抵达了马安。一群相貌粗野的男子聚集在车子周围。短暂休息了片刻之后,众人再次上路。回头看着一望无际的沙漠,莎拉茫然若失,她搞不清楚佩特拉的镇子到底在哪儿。再过几英里他们就能看到了吧?哪里都没有山。离他们旅途的终点还很远很远吗?

他们到了艾因·穆沙村,到了这儿车子就得开走了。马匹正在等着他们——这些家畜看起来十分瘦弱,让人满心愧疚。皮尔斯穿的是斜条纹的棉布衣服,不适合骑马,她为此十分懊丧。韦斯特霍姆爵士夫人则很明智地穿了骑马裤,虽然不算合乎她的体形,却非常实用。

马匹被向导牵引着领出了村庄,沿着一道光滑的石板路前行。地面感觉非常滑,马儿几次差点滑倒。此时,太阳已经开始西下。

经过乘车那段漫长而闷热的旅程,莎拉非常疲惫。她有些晕眩。骑马如同行走在梦中。过了一会儿,她又觉得好像地狱的烈火之门正在自己脚下洞开。道路蜿蜒——深入地下。奇形怪状的石头在他们身边时而凸起,时而向地底延伸。过了一会儿,两边又是峭立的悬崖,岩谷无比狭隘,莎拉觉得有些窒息。她思绪混乱,脑子里回想着:"行过死阴的幽谷——行过死阴的幽谷……"

走着,走着。天色暗沉下来。石墙的红色慢慢退去,寂静蔓延,风起风扬,如同被吸入牢笼,迷失在岩石地貌之中。

她想着:"这真是美妙又令人难以置信……一座死亡之城。"

接着,刚才的字句再次浮现:"死阴的幽谷……"

灯亮了起来。马儿继续沿着狭窄的小路前行。突然,他们走进了一片开阔地带——悬崖远去,在他们眼前是一簇簇灯火。

"营地就在那儿!"向导说。

马儿稍许加快步伐——不算加快很多——它们已经太饿太累,没法再快了,但还是展现了一些急切。小道沿着布满沙石的河床向前延展。灯火越来越近。看起来似乎是一簇簇的帐篷,高高地在峭壁的一侧排成一列。还有些洞穴,就在那些石壁上面。

他们就要到了。贝都因的仆人们跑了出来。

莎拉瞪大了眼睛,望着一个洞穴。那里坐着一个人。那是什么,一尊石像?看起来很大的一尊石像?

不。那是因为灯光摇曳,才映得那个物体异常庞大。那尊石像就那样不可撼动地盘踞在那里,俯视着整个营地……紧接着,突然间,莎拉认了出来,她的心猛烈地跳动。

之前那安详平和的心境荡然无存——那沙漠曾给予她的,逃脱世俗生活的心情。她再次失去自由，再次被俘获。她已经从黝黑蜿蜒的山路骑行至此黑暗之中，而在这里，如同一位被人遗忘的邪教女祭司，像一尊肥胖古怪的佛像一般端坐着的，正是博因顿老夫人……

第十一章

博因顿老夫人在这儿！在佩特拉！

莎拉机械地回答着别人递过来的问题：晚饭已经准备好了。她是现在吃晚饭还是先去洗个澡？她是想在帐篷里睡觉还是石洞里？

这个问题她倒是回答得非常迅速。帐篷。一想到洞穴，她就打了个哆嗦，那座肥胖石像再次浮现在她眼前（那个女人怎么总是看起来不像是人类？）。她跟着一个本地的仆人向前走。那人穿着满是补丁的卡其裤，绑着松垮的绑腿，身上是磨损得几乎不能再穿的上衣。他头上绑着本地那种头巾。那长长的头巾护着脖子，一条黑丝绳把它紧紧地固定在他的头顶。莎拉满怀敬意地看着他走动时的轻盈感，那种无所顾忌，昂首挺胸行走的骄傲。他身上的衣服只有欧式那一部分显得廉价而不合时宜。她想着："文明是错的！完全是错的！这里可不会有博因顿老夫人那种人！要是放在原始部落，说不准好多年前她就被杀死、吃掉了！"

她醒悟过来，有些自嘲，觉得自己可能真是太累了。用热水洗了把脸，重新补了一下脸上的妆之后，她觉得自己又回来了——冷静，泰然自若，深以刚才的自己为耻。

她用梳子梳着厚重的黝黑长发，在一盏小煤油灯的摇曳灯光里，侧身看着镜子里的自己。

接着，她拉开帐篷的门帘，走进了黑夜里，准备到下面的大帐篷里去。

"你——也在这儿？"

这是一声低沉的呼唤——困惑，难以置信。她转过身，正好和雷蒙德·博因顿视线相撞。他那双眼睛瞪得大大的，但其中所含的神色却使她沉默、不安。那神色展现了强烈的、令人难以相信的喜悦……就好像他见到了天堂——美妙，目眩神怡，满心感激，还有谦卑！这眼神莎拉大概是再也忘不掉了——就如同被诅咒堕入地狱的灵魂直直地望见了天堂……

他又张开了口。"你……"

那低沉回响的嗓音影响了她，让她的心在胸腔里不住地翻腾。她觉得害羞、恐惧、谦卑，还有突如其来的、傲慢的欣喜。

她的回答相当简单。"是的。"

他走得更近了——似乎仍在晕眩之中，一副不敢相信的样子。接着，他抓住她的手。"是你，"他说，"你是真实的。我一开始以为你是个鬼魂——因为我是这么这么地思念你。"他顿了顿，又接着说，"我爱你，你知道吗……从我在火车上看到你的那一瞬间开始。我现在知道了。我也希望你知道这一点——这样你才知道那不是我——真正的我——那个表现粗鲁的人，你明白吗？我现在甚至不能为自己说话。我可能——我可能做出任何事！我可能和你擦肩而过，甚至伤害你，但我想要你知道，那不是我——那不是真正的我——我不是该为此负责的人。那是我的神经……我没法控制……一旦她下令要我做什么——我就会照做！我的神经是这么操控我的！你明白吗？如果你因此而看不起我——"

她打断了他的话。她的声音很低,却又出人意料的甜美。"我不会看不起你的。"

"我还是会唾弃我自己!我应该——像个男人!"

她的回答多少受到杰拉尔医生劝告的影响,但莎拉自己的知识和希望还是根源之所在——而在她甜美语句的之下是不容置疑的权威和肯定。"你现在能做到的。"

"我可以吗?"他的声音里都是不确定,"或许……"

"你现在就会有勇气了。我很确定。"

他猛地挺起身,仰起头。"勇气?是的——这就是我们需要的!勇气!"

突然他低下了头,吻了吻莎拉的手,然后便转身离去。

第十二章

莎拉向大帐篷走去。同行的三个旅伴正坐在帐篷里的桌边吃饭。向导正在解释说另一群游客也到了这里。

"他们是两天前来的。后天就走。美国人。那位母亲特别胖,吃尽了苦头!据说是坐在椅子上被抬进来的——非常艰难,肩上的皮都磨破了——真的。"

莎拉突然笑了出来。当然了,谁听到这个都会觉得好笑的!胖乎乎的向导欣慰地看着她。他已经发现自己的差事有多不容易了。韦斯特霍姆爵士夫人非常难以取悦,凭借着导游手册一天能跟他抗议三次。就是分配床铺这种事都能挑出一堆刺来。他很高兴自己带的队里面有人似乎不知怎的心情很好。

"哈!"韦斯特霍姆爵士夫人说,"我知道那些人在所罗门酒店待过。我们一到这儿,我就认出了里面那个老夫人。我想,我看见你在酒店和她说过话,金小姐。"

莎拉颇感丢人地红了脸,希望韦斯特霍姆爵士夫人没有听到她们当时的谈话内容。

"说真的,我当时脑子都在想什么啊!"她愠怒地跟自己说。

与此同时,韦斯特霍姆爵士夫人发表了一番意见。

"那群人无趣极了,一群乡巴佬。"她说。

皮尔斯小姐开始大献殷勤,声称在她近日所见的各色有趣、杰出的美国人里，没有哪位能像韦斯特霍姆爵士夫人这般成就卓著。

与往年相比，今年似乎热得不同寻常。因此，第二天的行程安排是一早出发。

六点钟，四个人就聚在一起吃了早餐。博因顿一家人没露面。韦斯特霍姆爵士夫人对早餐没有提供水果提出了抗议，之后他们喝了茶和罐装的牛奶，吃了些油腻腻的煎蛋，伴着两片齁咸的培根。

接着他们就出发了。爵士夫人和杰拉德医生兴致勃勃地讨论起了饮食中维生素的真正价值，以及劳动阶级的营养问题。

突然营地那边传来了一阵呼喊。他们驻足停下，等着另一个人跟上来。原来是杰弗逊·柯普。他匆忙追上大部队，快活的脸上因为奔跑而红彤彤的。

"哦，如果你们不介意的话，我今早想跟你们一起活动。早上好啊，金小姐。在这见到你和杰拉德医生真是个惊喜。你觉得这里怎么样？"他随意地指了指周围美妙绝伦、朝各个方向伸展开来的红色岩石。

"我觉得这里的景色相当美妙，而且还有点吓人。"莎拉说，"在我的想象中，这里应该非常浪漫，如梦似幻——'蔷薇城'嘛。但是这里比想象真实多了——真实得如同生牛肉。"

"颜色也特别像。"柯普表示赞同。

"但是的确非常梦幻。"莎拉说。

众人开始攀登。两个本地的向导陪着他们。这些向导个子蛮高，动作轻快，穿着大钉靴，毫不在意地大步往上走，在滑坡上也走得很稳当。麻烦的事情很快就来了。莎拉完全不怕爬高，杰拉德医生也是。但是柯普先生和韦斯特霍姆爵士夫人就不怎么舒服了。更不幸的是皮尔斯小姐,每次一到地势陡峭的地方就吓得不行,闭着眼,脸色发青。在一阵阵无休无止的哀号里,她的声音拔得越来越高:"我从不敢从高处往下看,从小就是!"

每次她都喊着要回去,但是一看到回去的路有多陡峭,她的脸色就更差了,只能不情不愿地继续走下去,除了跟着大部队往上爬,她别无选择。

杰拉德医生心地善良,他一直跟在皮尔斯小姐后面,举着手杖横在皮尔斯小姐和陡峭的山坡间,如同一道栏杆。皮尔斯小姐承认,一想到有这么一个栏杆的确让她感觉放心不少。

莎拉稍稍有点气喘。她问译员马哈茂德——这人体型圆胖,但行动十分灵活。"你们把人带到这里来没遇到什么麻烦吗?我是说带老人过来。"

"嗯,是很麻烦。"马哈茂德热情地同意道。

"你经常向客人推荐这里吗?"

马哈茂德耸了耸宽厚的肩膀。"他们喜欢来这里。他们花了大钱来旅游,就是希望看到这些东西。本地的向导很聪明,他们非常可靠——总能解决问题。"

一行人终于到了山顶。莎拉深深地吸了口气。周围和底下都是四处蔓延的红色石头——奇妙而令人难以置信的国度,任何地方都无法复制。清晨的空气清新澄澈。他们置身其中如同神衹,俯视着人间——暴力肆虐的人间。

这里正是向导告诉他们的,"牺牲之地"——"圣址"。

他指着他们脚边岩石上的沟槽给大家看。莎拉信步从这群人身边走开,不想听译员喋喋不休,油嘴滑舌得让人心烦。她坐在一块岩石上,手穿过浓黑的头发,眺望着脚下的世界。过了一会儿,她意识到有人站到了她身边。

杰拉德医生的嗓音传来："你现在体会到《新约》里说的恶魔的诱惑了吧。撒旦把我们的主带到山顶上，展示给他整个世界。'只要你下山去对我顶礼膜拜，所有的这一切我都可以给你。'成为世界的神，还有比这更为诱人的蛊惑吗？"

莎拉点点头。但她的思绪显然不在这里。杰拉德惊讶地看着她。"你似乎在沉思着什么。"他说。

"是的。"她转过身，一脸困惑地看着他，"这真是美妙的想法——在这里有个牺牲之地。有时候我会想，牺牲是有必要的……我的意思是，或许我们把生命看得过于神圣了。死亡有时候并不是我们想象中那么糟糕的事情。"

"如果你这么认为的话，金小姐，那你真的不应该从事我们这个行业。对我们来说，死亡是——而且肯定一直都是——我们的敌人。"

莎拉打了个冷战。"是的，我想你说的是对的，但是，很多时候，死亡不失为一个解决问题的思路。或许，死亡，可以充实更多的生命……"

"'如果一个人为了多数人的利益而死，这对我们来说是个方便的理由。'"杰拉德医生沉重地引了句话。

莎拉一脸愕然地看着他。"我不是这个意思——"

她没有把话说完。杰弗逊·柯普正走向他们。"这儿可真是个非同寻常的地方。"他嚷道，"非同寻常啊，我真是太高兴自己没有错过这个机会。博因顿老夫人确实是个不一般的女人。我很佩服她坚持到这里的意志。和她一起旅行着实不易。她的身体很不好，我想这也是为什么她有时候不太懂得谅解别人。但是她似乎从来都不愿意让她的家人独自出来走走。她一定是太习惯于所有人围在她身边了，我想她应该没想到——"柯普先生停住了话头。他那温和善良的脸浮现出一丝烦恼和不舒服的神情。"你们知道的,"他说,"我听到了一些有关博因顿老夫人的传言,这让我非常不安。"

莎拉再次沉浸到自己的思绪里。柯普先生的声音如同远方小溪宜人的轻响,潺潺地流到她耳朵里。杰拉德医生却开口问了起来:"是吗?什么事情?"

"我是听在泰伯利亚旅馆遇到的一位女士说的。据说有个姑娘曾经在博因顿家工作过。那个女孩,我听说,曾经——"柯普先生顿了一顿,特意看了一眼莎拉,压低了自己的声音,"怀孕了。那位老夫人发现了这件事,但对这位姑娘还是很和善。可就在孩子出生前的几周,她把那位姑娘赶出了家门。"

杰拉德挑起了眉毛。"啊。"他本能地应了句。

"告诉我消息的人似乎对这件事的真实性非常笃定。我不知道你是不是和我看法一致,但是在我看来,这实在是非常残忍。我没法理解——"

杰拉德医生打断了他。"你应该试着去理解。在我看来,博因顿老夫人应该从中获得了相当大的满足。"

柯普先生转身看着他,一脸惊吓。"不,先生,"他强调说,"我没法相信。这实在是太骇人了。"

杰拉德医生柔声引用了一句话:"'因此我转身,看着白日之下的那些压迫。被压迫的人群里传来啜泣呻吟,毫无慰藉;压迫他们的人手握重权,无人敢挺身而出。我赞扬已死的人,而不愿奉承那些仍执著生存的人。哦。从未生存于世的人远远要比已死或者活着的人好得多;因为他们从来不曾知晓,这世上存在的活生生的罪恶⋯⋯'"

他停了一会儿接着说道:"我亲爱的先生,我一生都致力于研究人类脑子里发生的奇怪事情。一个人只肯面对人性光明美好的一面并不是好事。在生活的每一天，在那些体面的举止和礼貌风俗的遮掩之下，有着无穷无尽的奇异事情。比如，单纯的恶毒残虐就能让某些人非常快活。如果深究，其中蕴藏着更根深蒂固的东西。那就是要他人承认自己价值的强烈而可怜的欲望。如果这欲望无法得到满足，它便会转向别的法子——由此便产生了不计其数的变态行径。残虐的习性，正如其他习性一样，可以滋生、增长，控制住一个人——"

柯普先生咳嗽了一声。"我觉得杰拉德医生你是不是太夸大其词了？说真的，这里的空气真是太美妙了……"他落荒而逃。杰拉德医生笑了笑。他又看向莎拉。莎拉正在皱眉——神情中带着青春的凝重。他想着，她看起来如同一位正斟酌刑罚的法官……

他转身看着皮尔斯小姐一瘸一拐地朝他走来。

"我们得下山了，"她嘟囔说，"我的老天哪！我敢说我绝对做不到的，但是向导说下山的路截然不同，要容易得多。但愿如此，在我还是个孩子的时候，我就从来都不站在高的地方往下看……"

回程的路沿着一条瀑布向下延伸。虽说有些石头不够稳，可能会有扭到脚的危险，但这条路的确不会让人眩晕。

众人终于走回了营地，虽说有些累，但精神很好。时间已是下午两点，午饭的延迟也让大家胃口大开。博因顿一家人正坐在帐篷里的大圆桌边。他们刚刚吃完午饭。

韦斯特霍姆爵士夫人以她最为屈尊纡贵的姿态和他们打了一

个极为优雅的招呼。"真是个极为有趣的上午,"她说,"佩特拉的确是个美妙的地方。"

卡罗尔以为她是在和自己说话,飞快地看了一眼母亲,喃喃地说:"哦,是的,是的。"接着闭上了嘴。

韦斯特霍姆爵士夫人觉得自己已经完成了打招呼的责任,开始进餐。吃饭的时候,他们讨论了下午的安排。

"我想我下午得休息了,"皮尔斯小姐说,"我觉得不要安排太多事情比较好。

"我想出去走走,四处看看,"莎拉说,"你呢,杰拉德医生?"

"我和你一起吧。"

博因顿老夫人掉了个汤匙,发出很大的声响,把所有人都吓了一跳。

"我想我会和你一样,皮尔斯小姐,"爵士夫人说,"可能就看半个小时的书,然后躺一下,睡至少一两个小时。之后,说不定会出去散个步。"

在雷诺克斯的搀扶下,博因顿老夫人缓缓地站了起来。她站了一会儿,接着开口说:"你们下午最好都出去走一走。"她说这话的时候带着令人难以置信的亲切。

她的家人全都大吃一惊,神情几乎滑稽可笑。

"但是,母亲,你呢?"

"我不需要任何人陪我。我想独自待一会儿,看看书。金妮最好不要去。她应该躺下睡个觉。"

"母亲,我不累。我想和大家一起。"

"你累了。你不是说头疼吗?!你得好好照顾自己。回去躺着睡觉。我知道怎样才算是对你好。"

女孩先是仰起头,反抗般大睁着眼睛。接着她垂下了头——一副挫败的样子。

"傻孩子。"博因顿老夫人说,"回你的帐篷去。"

她蹒跚着走出大帐篷——其他人鱼贯而出。

"哦,我的天,"皮尔斯小姐说,"这群人真是太奇怪了。那个母亲的脸色真是奇怪。简直是紫色的。我敢说她心脏不好。这里这么热,一定让她觉得非常劳累。"

莎拉想着:"她居然放他们自由了。她知道雷蒙德想和我在一起。为什么?这是个陷阱吗?"

午饭之后,莎拉走回自己的帐篷,换了条新的亚麻布裙子,刚才的想法依然让她很忧虑。自从昨天晚上,她对雷蒙德便有了一种保护性的温柔。这便是爱了,站在对方的角度,感受到对方的苦恼,想要改变,不惜一切,想把爱人从苦难中解救出来……是的,她爱雷蒙德·博因顿。正像是圣乔治与恶龙的关系反过来。她是那位拯救者,而雷蒙德是被囚禁的受害者。

而博因顿老夫人就是那条恶龙。一条恶龙突然如此大发善心,这不由得让莎拉疑虑重重,这里面显然有危险。

三点一刻,莎拉走向大帐篷。

韦斯特霍姆爵士夫人正坐在一把椅子里。尽管天很热,她还是穿着她那条轻便的哈里斯粗花呢裙子。她的膝头摊着皇家调查委员会的报告。杰拉德医生正在和皮尔斯小姐聊天。皮尔斯小姐站在自己的帐篷旁,拿着本名为《爱的探求》的书。封面上写着:这是一本由激情和误解交织而成的悬疑小说。

"我觉得吃完饭就躺下可不是个好主意,"皮尔斯小姐说,

"你知道的,消化系统的问题。站在帐篷的阴凉地里可真是凉爽惬意。哦,亲爱的,你觉得那位老夫人就这么坐在大太阳底下明智吗?"

他们全部抬头望向眼前这座山脊。博因顿老夫人正坐在那里,就如同昨天晚上一样。一尊纹丝不动的佛像,盘坐着守在自家洞穴门口。视线范围内再无其他人。营地的其他人都在睡觉。不远的地方,在山谷那边,有一群人正在走着。

"这次这个好心的妈妈居然允许他们独自享受风景,而不用跟着她。"杰拉德医生说,"她这是又想出什么花招了吧?"

"你知道吗?"莎拉说,"我也是这么想的。"

"我们实在是太多疑了。来,跟他们一起去逛逛吧。"

皮尔斯小姐决定留下继续她那激动人心的阅读了。其他人启程出发。到了山谷的拐角处,他们便追赶上了一直在缓缓步行的那群人。这一次,博因顿一家人看起来格外快活,无忧无虑。

雷诺克斯和娜丁,卡罗尔和雷蒙德,以及柯普先生,脸上都挂着大大的笑容,最后赶过来的杰拉德和莎拉也很快与他们一同笑了起来,互相攀谈着。

突如其来的欢愉笼罩众人。每个人都觉得这是一份得来不易的愉悦——一份偷来的享受,要细细全数吸收。莎拉和雷蒙德没有单独一起。正相反,莎拉和卡罗尔、雷诺克斯走在了一起。杰拉德医生跟在大家后面,和雷蒙德聊着天。娜丁和杰弗逊·柯普一起走得稍远一点。

突然要离开大家的是那个法国人。他时不时地停口不言,忽然停下了脚步。

"真抱歉,我得先走一步。"

莎拉看他。"不舒服吗?"

他点点头。"是的,有点发烧。午餐之后就有点。"

莎拉研究着他的脸色。"疟疾?"

"是的,我得回去吃个奎宁。希望这次不会太糟糕。这应该是之前去刚果带来的病菌。"

"需要我陪你回去吗?"莎拉问。

"不,不用,我带了药。这种事挺烦人的。你们继续逛吧,不用管我。"

他回过头,快步朝营地的方向走去。莎拉迟疑着望了他几分钟,然后她对上了雷蒙德视线。她冲他笑了笑。法国人便被她忘在了脑后。

有那么一段时间,六个人,卡罗尔,她自己,雷诺克斯,柯普,娜丁和雷蒙德,就一直在一起。接着,不知怎的,她和雷蒙德便离开了大部队。他们坐着歇了一会儿,然后继续攀爬岩石,绕过壁架,最后在一个有阴凉的地方停下来休息。沉默了一会儿,雷蒙德说:"你的名字是什么?我知道你姓金。但我想知道你的名字。"

"莎拉。"

"莎拉。我可以这么叫你吗?"

"当然。"

"莎拉,你可以告诉我一些关于你的事情吗?"

莎拉靠着身后的岩石,开始讲述自己的生活:在约克郡的家,她的狗,还有把自己抚养长大的婶婶。

接着,作为回报,雷蒙德断断续续地讲了一些自己的生活。在那之后,两人沉默良久。他们的双手摸索着碰到了一起。他们坐在那里,像孩子一样手牵手,涌起奇异的满足感。

太阳越发西沉。雷蒙德突然惊醒。"我得回去了。"他说,

"不，不是和你们一起。我想自己回去。有些事情我必须做，有些话必须说。一旦做成，一旦我向自己证明我不是个懦夫——那么——那么——我应当不会再耻于过来找你，请求你的帮助。我确实需要帮助，你知道的。我甚至可能得跟你借钱。"

莎拉微笑。"我很高兴你是个现实主义者。你可以相信我。"

"但首先我得把这件事情做完。"

"什么事？"

那张年轻的脸庞突然严肃了起来。雷蒙德·博因顿说："我必须试试我的勇气。现在不试就永远都没有机会了。"接着，他突然猛地转身大步离开了。

莎拉背靠着岩石，望着他渐渐消失的身影。他的话语有些古怪，让她产生了警觉。他似乎非常紧张——急切又亢奋，让人惊恐。那一刻，她希望自己能跟他一起回去……但是她为这想法谴责自己。雷蒙德想要独自挺身而出，测试自己刚刚鼓起的勇气。这是他的权利。

她祈祷着，用尽所有心意，希望那勇气不要失败……

等莎拉再次看到营地的时候，夕阳已经落山。她在昏暗的光照里走近，只能分辨出博因顿老夫人灰暗的身形依然坐在那个山洞里。看到那阴沉、一动不动的身影，莎拉又打了个冷战。

她快步向前走，来到了灯火通明的大帐篷。

韦斯特霍姆爵士夫人依然坐在那里，正在织一件海军蓝的毛衣，脖子上还挂着一圈毛线。皮尔斯小姐正在往一张桌巾上绣蓝色的勿忘我，一边还在听离婚法的改革。

仆人进进出出准备晚宴。博因顿一家正坐在大帐篷另一边的板凳上看书。马哈茂德出现了，胖乎乎的脸上努力做出一副威严的样子，显然不太高兴。他本来在下午茶后安排了散步，但是发现帐篷里一个人都没有……这个计划算是彻底告吹了。本来打算带大家去参观纳巴泰人①的建筑的,那多么有意义。

莎拉匆忙表示,每个人的下午都过得十分舒适。她去自己的帐篷稍作洗漱,准备吃晚饭。回来的路上,她在杰拉德医生的帐篷边驻足,低声喊了喊:"杰拉德医生!"

无人应答。她撩起门帘往里看了眼。医生正一动不动地躺在床上。莎拉悄无声息地退了出来,想着他一定是睡着了。一位仆人走过来,指了指大帐篷那边。显然晚餐已经准备好了。她大步走了过去。

除了杰拉德医生和博因顿老夫人,其他人都围着桌子聚集在一起。一个仆人被派去告诉老夫人晚饭已经就绪。接着外面突然传来一阵骚乱。两个惊恐的仆人冲进来,语调激烈地和译员用阿拉伯语对话。

马哈茂德突然惊慌地环顾了下四周,也冲了出去。莎拉忽来一阵冲动,也跟了上去。

"怎么了?"她问。

马哈茂德回答:"是那个老夫人。阿布达说她病了——她动不了。"

"我去看看。"

莎拉加快了脚步。她跟着马哈茂德爬上岩石,独自走到老夫人坐着的那把椅子那里去,摸上那肥大的手,感受了下脉搏,然后弯腰看了看……

她起身的时候,脸色苍白。她转身大步走回帐篷。在门口她愣了一会儿,看着坐在大桌子另一端的那群人。

---

①纳巴泰人,在约旦、迦南的南部和阿拉伯北部经商的古代商人。

她开口说话，嗓音在她听来非常不真实。"我很抱歉。"她说。她强迫自己对那一家人的领头人雷诺克斯说，"你母亲已经去世了，博因顿先生。"

接着，仿佛站在遥远的彼方，她好奇地端详着那五个人的脸：对他们来说，这消息意味着自由……

第二部分

第一章

卡伯里上校冲桌子对面的客人微笑着，举起了玻璃杯。"致犯罪，干杯！"

赫尔克里·波洛眨巴眨巴眼睛，对这妥帖的祝词表示感谢。

他带着雷斯上校写给卡伯里上校的介绍信来到了安曼。

卡伯里上校对于会见这位举世闻名的人物很感兴趣。他的老朋友、情报局的同事雷斯总是不吝辞色地称赞他的天赋。

"你会看到一个非常巧妙的心理演绎过程——"雷斯曾经写过波洛关于塞塔纳谋杀案的解决方案。

"我一定会带你去看看这一带的。"卡伯里捻着他那有些蓬乱的色彩斑斓的胡子说道。他是个邋里邋遢的粗壮男人，中等身材，头发半秃，蓝色的眼睛温和而朦胧，看上去一点都不像个军人，甚至连军人特有的警觉都没有，更不像人们心目中的那种执法者。但是在外约旦[①]，他就是权力。

"杰拉什[②]，"他说，"你喜欢这种地方吗？"

"我对所有事都感兴趣！"

"是的，"卡伯里说，"这就是对待生活的唯一态度。"他停顿

[①]今日约旦河东、西岸的约旦、以色列及巴勒斯坦地区的合称。
[②]约旦北部城市，坐落在安曼市以北四十公里处，距安曼与约旦河河谷各约三十二公里，是约旦境内保存得最完好的古罗马城市之一，也是约旦重要的旅游景点之一。

了一会儿。

"跟我说说，你有没有发现你的专业工作总是跟你形影不离？"

"什么？"

"就是——简单来说——有时候你想外出度假，远离犯罪，却发现尸体突然出现了？"

"发生过这种事，是的，不止一次。"

"嗯。"卡伯里上校说，一副心不在焉的样子。

然后他猛地一惊。"现在就出现了一具尸体，这让我很不高兴。"他说。

"是吗？"

"是啊，就在安曼。一个美国老太婆和家人一起去佩特拉旅游，今年热得反常，老太太心脏又不好，这次旅行可比她想象中的要劳累，心脏尤其受不了——她猝死了！"

"在这儿？安曼？"

"不，在佩特拉。他们今天把尸体运过来了。"

"啊！"

"一切都非常自然。完全有可能。世界上最有可能发生的事。只是——"

"什么？只是？"

卡伯里上校挠着他的秃脑袋。

"我有个想法，"他说，"是她的家人杀了她！"

"啊哈！你怎么会这么想呢？"

卡伯里上校没有直接回答。

"她好像是个让人讨厌的老太婆。没人为她的死伤心。周围的人都觉得她突然死了是件好事。不管怎样，只要她的家人抱成一团，必要的时候再撒个谎，那样就很难证明什么了。我们不想让问题复杂化，或者引起国际纷争，最简单的做法就是——听之任之。其实也没什么证据。我以前认识一个医生，他跟我说，他经常会怀疑病人的死因——死得太匆忙，而且比预期要早。他说，最好的做法就是保持沉默，除非你有确凿的证据。否则，案件无法澄清，热忱而勤奋的医生会留下污点，变得声名狼藉。倒是有点道理。然而——"他又挠了挠头，"我可是个一丝不苟的人。"他这话说得真是出人意料。

卡伯里上校的领带歪系着，袜子皱巴巴的，外套也污渍斑斑、破破烂烂。但是赫尔克里·波洛没有笑。他可以清清楚楚地看到，卡伯里头脑深处一切都井然有序。他将议事日程安排得有条不紊，各种观感印象也仔细地做了分类。

"没错，我是个有条理的人，"卡伯里上校重复说道，下意识地挥挥手，"不喜欢一团糟。当我遇到杂乱无章的事情时，总想理顺它。你明白吗？"

赫尔克里·波洛严肃地点点头，表示明白。

"那儿没有医生吗？他问。

"有，两个。其中一个因为疟疾病倒了，另外一个是个小姑娘——刚从医科学校毕业。不过，我觉得她医术还不错。这起死亡事件并没有什么古怪的，老太太的心脏本来就很脆弱，已经吃了一段时间的心脏药了。像她这样猝死，其实一点儿也不奇怪。"

"那么，我的朋友，你在担心什么？"波洛轻轻地问。

卡伯里上校用他那困惑的蓝眼睛望着他。

"听过一个叫杰拉德的法国人吗？西奥多·杰拉德？"

"当然。在他那个领域中非常杰出。"

"研究精神病的专家，"卡伯里上校证实了这一点，"比如，一个人假如四岁的时候爱上清洁女工,那么他三十八岁的时候会当上坎特伯雷大主教。我不明白个中缘由,从来也没明白过。但是这家伙的解释非常有说服力。"

"杰拉德医生在深层神经症的某些研究绝对是权威人士,"波洛微笑着表示赞成,"他——呃——关于发生在佩特拉的这件事,他是基于这种理论做出推论的吗?"

卡伯里上校使劲摇着头。

"不,不是的。如果是这样,我就不用烦心了!不是说我完全不相信。这只是我不能理解的事情之一,就好像我一个在贝都因的手下,他能在广阔的沙漠中走下车,用手摸着地面,然后告诉你现在你在哪儿,误差在一两英里内。这不是魔术,但看上去真像。不,杰拉德医生说得非常直截了当。只是一些简单事实。我想,如果你有兴趣——你有兴趣吗?"

"有,有的。"

"好,那我就去打个电话,让杰拉德过来,这样你可以亲耳听他说了。"

卡伯里上校对一个勤务兵下达了请人的命令之后,波洛问道:"这家里都有些什么人?"

"这家人姓博因顿,有两个儿子,其中一个结婚了,妻子是个漂亮的姑娘——安静、懂事。还有两个女儿,也都很漂亮,但风格完全不同。年纪小一点的那个有些神经质——但可能是受到了惊吓。"

"博因顿,"波洛说道,眉毛扬了起来,"奇怪——非常奇怪。"

卡伯里询问地看着他,但是见波洛没再往下说,于是他又接着说了起来:"似乎很明显,母亲是个坏人!从头到脚都得让人伺候,所有人都要围着她团团转。她还手握财政大权,其他人身上一个子儿也没有。"

"啊哈!这些都很有意思。知道她留下的钱是怎么处理的吗?"

"我也提过这个问题——你知道,就是那种很随意地问了问。这些钱会平均分给每个人。"

波洛点点头,然后问道:

"你觉得他们所有人都参与其中了?"

"不知道。这就是麻烦所在。是大家合谋做的,还是某个聪明人的主意——我不知道。也许整件事都是无稽之谈。说到这个,我想听一听你的专业意见。啊,杰拉德来了。"

第二章

法国人走了进来,脚步轻快、从容。他跟卡伯里上校握了握手,敏锐而饶有兴致地看了波洛一眼。卡伯里介绍道:

"这位是赫尔克里·波洛先生,现在住在我家。我们刚才一直在说佩特拉的那个案子。"

"哦,是吗?"杰拉德飞快地上下打量着波洛,"你感兴趣?"

赫尔克里·波洛举起了双手。

"哎呀!人对自己的职业总是有一种不可救药的浓厚兴趣。"

"没错。"杰拉德说。

"喝点儿什么吧?"卡伯里说。

他倒了一杯苏打威士忌放在杰拉德手边,又询问似的举起了酒瓶,但是波洛摇了摇头。卡伯里上校放下酒瓶,把椅子稍稍拉近一些。

"那么,"他说,"我们说到哪里了?"

"我想,"波洛对杰拉德说,"卡伯里上校对猝死的结论不太满意。"

杰拉德做了一个意味深长的手势。

"这个,"他说,"是我的错!而且我可能错了。别忘了,卡伯里上校,我有可能全错了。"

卡伯里哼了一声。

"跟波洛说说事实。"

杰拉德医生地把佩特拉旅行前面的事简要地重复了一遍,勾画出博因顿家庭成员的特征,描述了他们所遭受的情感压力。

波洛很感兴趣地听着。

之后,杰拉德继续说着他们在佩特拉旅行的第一天发生的事,描述他是怎么回到营地的。

"我那严重的疟疾发作了——大脑型的,"他解释说,"因此我打算给自己采用静脉注射奎宁。一般都是用这种治疗方法。"

波洛理解地点点头。

"我烧得很严重,跟跟跄跄地回到了自己的帐篷里。一开始,我没能找到药箱——有人挪动我的药箱了。好不容易找到药箱之后,却又找不到皮下注射器了。我找了好一阵子,最后只好放弃,口服了大剂量的奎宁,然后倒头就睡。"

杰拉德顿了顿,然后继续说道:

"博因顿夫人的死是在日落之后才发现的,由于她坐在椅子上的姿势,以及椅子撑托住了尸体,所以她的这种坐姿一直没有变化,直到六点半的时候,一个男仆去叫她吃饭,才发现不对劲。"

他一五一十地说明了洞穴的位置,还有从洞穴到大帐篷的距离。

"金小姐——她是个有执业资质的医生——检查了尸体。因为知道我在发烧,所以没有打扰我。其实,任谁都是回天乏术。博因顿夫人已经死了——而且死了有段时间了。"

波洛嘟囔着说:"具体是多久?"

杰拉德缓缓地说:

"我想金小姐并没有怎么注意这一点。我猜,她觉得这个不重要。"

"至少，有人能说出最后见到博因顿老夫人活着的确切时间吧？"波洛说。

卡伯里上校清了清喉咙，翻看着一份官方的文件。

"四点刚过，博因顿夫人跟韦斯特霍姆爵士夫人和皮尔斯女士说过话。四点半，雷诺克斯·博因顿和他母亲说过话。五分钟之后，雷诺克斯的夫人和她谈了很长时间。卡罗尔·博因顿和她母亲说了两句话，时间说不准——但是根据其他人的证词，大概是在五点十分。

"杰弗逊·柯普，这家人的一个美国朋友，和爵士夫人、皮尔斯小姐一起回到营地时，看到她睡着了就没跟她讲话。那时候大约是差二十分钟六点。小儿子雷蒙德·博因顿，好像是最后一个看到她活着的人。五点五十分时，他散步回来，跟她说过话。尸体是在六点半被发现的，那时，一个仆人过去告诉她晚饭准备好了。"

"从雷蒙德·博因顿和她说话，到六点半这段时间，没人再走近她吗？"波洛问道。

"据我所知，没有。"

"但是，也许有人这么做过？"波洛坚持道。

"我觉得不可能。大约六点以后，仆人们就在帐篷周围走来走去了，人们在自己的帐篷里进进出出。没人注意到有谁接近过那个老太太。"

"那么，可以确定雷蒙德·博因顿就是最后一个看到他母亲活着的人吗？"波洛说。

杰拉德医生和卡伯里上校飞快地交换了一下眼神，卡伯里上校用手指敲了敲桌子。

"从这里开始，我们就陷入麻烦之中了，"他说，"接着说吧，杰拉德，这是你的工作。"

"就像我刚刚提到过的，莎拉·金在检查博因顿夫人的尸体时，认为不需要确定死亡的具体时间。她只是说博因顿夫人死了'有段时间了'。但是第二天，出于个人的职业习惯，我想尽量把范围缩小一些，刚好提到了最后见到博因顿夫人活着的人是她儿子雷蒙德，就在差几分到六点的时候。让我大吃一惊的是，金小姐立即说那是不可能的——那个时间，博因顿夫人已经死了。"

波洛的眉毛扬了扬。"古怪。大为古怪。那么，关于这一点，雷蒙德先生是怎么说的？"

突然，卡伯里上校说："他发誓说他母亲那时候还活着。他到了那里，说：'我回来了，下午过得还好吧？'诸如此类的话。他说她只是嘀咕了一句'还可以'，接着他就回自己的帐篷去了。"

波洛困惑地皱着眉头。

"奇怪，"他说，"太奇怪了。那个时候天快黑了吗？"

"太阳才刚刚下山。"

"奇怪，"波洛又说了一次，"那么你，杰拉德医生，是什么时候看到尸体的？"

"直到第二天，确切地说是上午九点。"

"你对死亡时间的估算呢？"

法国人耸了耸肩。

"经过一晚之后很难说得准了。肯定会有几个小时的误差。如果要我出庭作证的话，我也只能说她的死亡时间在十二小时以上，但不到十八小时。你瞧，这么说根本没什么帮助。"

"继续说吧，杰拉德医生，"卡伯里上校说，"跟他说说之后的事。"

"第二天早上一起床,"杰拉德医生说,"我发现了我的皮下注射器——就在我梳妆台上的药箱后面。"

他往前探了探身。

"可能你会说,前一天我没注意到。我正在发着高烧,从头到脚都在哆嗦,状况惨不忍睹。而且,往往一个人在找一样东西的时候,虽然它就在那儿,可你就是找不到!但我只能说,我非常肯定那个时候注射器不在那儿。"

"还有呢?"卡伯里说。

"对,还有两件事,我觉得值得一提。死者的手腕上有一个痕迹,就像是皮下注射后留下来的小孔。她女儿解释说这是大头针扎的。"

波洛有所触动。"哪个女儿?"

"大女儿卡罗尔。"

"好。请接着说。"

"最后还有一件事。我无意中检查了一下我的小药箱,注意到我储备的毛地黄毒苷少了很多。"

"毛地黄毒苷,"波洛说,"是一种对心脏有毒的药,对吗?"

"对,是从毛地黄——俗称'狐狸手套'中提取的,含有四种主要成分,其中毛地黄毒苷的毒性最强。根据柯普的实验,它比毛地黄苷或者毛地黄皂苷的药性要强六到十倍。所以,在法国,只有药局可以出售,英国根本就是禁止的。"

"而你说的是,大量的毛地黄毒苷?"

杰拉德医生严肃地说:"大量的毛地黄毒苷通过静脉注射的方式,突然注入血液中,会让心脏迅速麻痹,从而引发猝死。估计四毫克毛地黄毒苷就能让一个成年人毙命。"

"况且博因顿夫人原本就有心脏病?"

"没错,实际上,她所吃的药中就含有毛地黄苷。"

"这个,"波洛说,"非常有意思。"

"你的意思是,"卡伯里上校问,"她的死亡有可能会被归咎于自己服药过量?"

"这个——没错。不过,不光是这样。"

"从某种意义上说,"杰拉德医生说,"毛地黄苷是一种积累型的药物,而且说到死后特征,毛地黄的活性成分足以让人丧命,但不会留下明显的痕迹。"

波洛慢慢地点点头,表示听懂了。

"是啊,聪明,太聪明了。对陪审团来说,这样的证据几乎没有可信性。啊,但是我跟你们说,先生们,如果这是一桩谋杀,那就是一桩极其聪明的谋杀!注射器放回原地,毒药又是被害人吃过的,有可能是用错了药或者意外——服用过量。没错,很有头脑,有想法,小心谨慎——是个天才。"

他默不作声地在那儿坐了一会儿,然后抬起头。"可是,还有一件事我不明白。"

"什么?"

"偷皮下注射器。"

"是被拿走了。"杰拉德医生飞快地说道。

"拿走——又还回来?"

"是的。"

"奇怪,"波洛说,"非常奇怪。不然的话,所有的事就都说得通了。"

卡伯里上校好奇地看着他。

"什么,"他问,"你的专业意见是什么?是谋杀吗?"

波洛抬起了一只手。

"等等，我们还没到那一步。仍然有一些证据需要考虑。"

"什么证据？都跟你说了啊。"

"啊！但这是我赫尔克里·波洛提供给你们的证据。"

他点点头，微笑地看着那两张吃惊的脸。

"没错，这很好笑！是你们告诉了我这件事，现在我反而要提出一个你们所不知道的证据。是这样的，在所罗门酒店，一天晚上，我走到窗前想看看窗子是不是关上了——"

"你想关上，还是打开？"卡伯里问。

"关上，"波洛肯定地说，"窗户开着，所以我自然而然地要去关窗。但是就在我的手碰到窗闩、还没关上窗的时候，听到了一个说话声——一个动听的声音，低沉而清晰，以及因为兴奋而有些颤抖。我跟自己说，要是以后再听到这声音，我肯定能听出来。那这个声音说了什么呢？它说了这些话：'你明白的，不是吗？她必须得死！'

"那时候，当然了①，我没有意识到这些话指的是杀死活生生的人。我以为说话的是个作家或者剧作家——但是现在，我不太确定了。也就是说，我确信不是那类的事。"

他顿了顿，然后接着说："先生们，我要告诉你们，这件事——根据我所知道的以及我所相信的——这些话，是我之后在酒店休息室碰到的一个年轻人说的。有人告诉我，这个年轻人名叫雷蒙德·博因顿。"

---

① 原文为法语。

第三章

"雷蒙德·博因顿说的这些话!"

法国人脱口大叫。

"你认为这不可能吗——从心理学角度来说?"波洛泰然自若地问道。

杰拉德摇摇头。

"不,这倒不是。不过,没错,我真的很惊讶。我吃惊,仅仅是因为雷蒙德·博因顿太符合嫌疑犯的特征了。不知道你们是否明白我的意思。"

卡伯里上校叹了口气,好像在说:"这些心理学家!"

"问题是,"他嘀咕着说,"我们应该怎么做?"

杰拉德耸了耸肩。

"我看不出你们能做些什么,"他承认道,"证据肯定没有说服力,也许你知道发生了谋杀案,但很难证明。"

"我明白了,"卡伯里上校说,"我们怀疑有谋杀发生了,却只能坐视不理!我不喜欢这样!"他又补充了一句,是他之前说过的那个奇怪的理由,"我是个有条理的人。"

"我知道,我知道。"波洛同情地点点头,"你想把这些理顺,想知道到底发生了什么,是怎么发生的。那么你呢,杰拉德医生?你说过,没什么能做的——证据没有说服力,是吗?有可能的确如此。但是事情就这样结束了,你满意吗?"

"她的身体状况很糟糕,"杰拉德医生慢条斯理地说,"不管怎样,也许她很快就会死掉——一星期,一个月,一年。"

"所以,你对这个结果很满意?"波洛坚持追问。

杰拉德继续说道:

"毋庸置疑,她的死——我该怎么说?——有益于社会。给她的家人带来了自由,让他们有机会一展身手——我觉得他们都很善良、聪明。现在,他们会成为对社会有用的人才。依我看,博因顿夫人的死,对大家来说有益无害。"

波洛第三次追问:"所以,你满意了?"

"不。"突然,杰拉德一拳砸在了桌子上,"我不像你说得那样,觉得'满意'!我的天职就是要保护生命——而不是加速死亡。所以,虽然在我的意识中反反复复地说这个女人的死是件好事,但我的潜意识却表示反对!先生们,一个人没能寿终正寝,这样是不对的。"

波洛微笑起来。他向后一倚,对于这个靠着自己的耐心而引导出来的答案深感满意。

卡伯里上校不动声色地说:"他不喜欢谋杀。很好,我也不喜欢。"

他站起身,给自己倒了一杯烈性的苏打威士忌,客人们的杯子还都是满的。

"现在,"他回到正题上,"让我们言归正传。关于这件事,我们有什么可以做的?我们不喜欢这样,不!但也许我们只能忍着!发牢骚也没有用。"

杰拉德探身向前。"你的专业意见是什么呢,波洛先生?你是专家。"

波洛并没有马上回答,而是有条不紊地摆弄着两个烟灰缸,把用过的火柴棒堆成一小堆。然后,他说:

"卡伯里上校,你想不想知道是谁杀了博因顿夫人?如果她是被杀死的,而非正常死亡。那么究竟是怎么被杀的,还有确切的死亡时间——也就是说,你想知道整件事的真相,对吧?"

"没错,我想知道所有这些。"卡伯里上校不动声色地说。

赫尔克里·波洛缓缓地说:"我认为没理由不让你知道。"

杰拉德显得有些难以置信,而卡伯里上校则露出一副饶有兴致的表情。

"哦,"他说,"你会让我们知道的,对吗?有意思。你建议从哪里着手呢?"

"通过有条不紊地筛选证据,通过推理。"

"适合我。"卡伯里上校说。

"还有可能需要心理学方面的研究。"

"我想,这适合杰拉德医生,"卡伯里说,"在那之后呢——就是你筛选证据,进行一些推理,再掺入一点心理学之后呢?嘿,我变!① 就可以从帽子里变出兔子了吗?"

"如果办不到,我才会吓得跳起来呢。"波洛冷静地说。

卡伯里上校从自己的杯子上方瞪着他,有那么一会儿,那双蒙眬的眼睛再也不蒙眬了——他正在思量着。

最后,他咕哝了一声,放下玻璃杯。

"你怎么看,杰拉德医生?"

"我承认我怀疑最后是否能成功……当然了,我知道波洛先生非常有能力。"

---

① 原文为法语。

"我有天赋,没错。"小个子说着,谦虚地微微一笑。

卡伯里上校扭过头,咳嗽了几声。

波洛说:"首先要决定的事情是,这究竟是一次集体性谋杀——博因顿一家合谋并实施——还是只是他们其中的一员?如果是后者,那谁最有可能?"

杰拉德医生说:"根据你提供的证据,我认为,首先要考虑的肯定是雷蒙德·博因顿。"

"我同意,"波洛说,"我无意中听到的话,还有他和那个年轻女医生的证词的矛盾之处,这些就能把他放在头号嫌疑犯这个位置上了。"

"他是最后一个见到博因顿老夫人活着的人。这是他们自己的说辞。莎拉·金反对这个说法。告诉我,杰拉德医生,是不是,嗯,你知道我的意思,我们可以这么说,他们之间有点感情?"

法国人点点头。"绝对。"

"啊哈!那位年轻的女医生,是不是黑色的头发从前额往后梳,有一双褐色的大眼睛,神情很坚毅?"

杰拉德医生一脸讶异。

"没错,就是那样。"

"我见过她——在所罗门酒店。她跟雷蒙德·博因顿说完话之后,他呆立在那儿,就像在做梦,堵住了电梯的出口。我说了三次'请让一让'他才听到,然后才挪开了。"

波洛陷入了沉思,过了一会儿,说:"那么,首先,对于我们所听到的莎拉·金小姐的医学证词,心里要有所保留。她也是有利害关系的当事人。"顿了顿,他接着说,"杰拉德医生,你觉得雷蒙德·博因顿从性格上来说,是不是一个很容易动手杀人的人?"

杰拉德慢吞吞地说道:"你是说,精心设计的谋杀?嗯,我认为有可能——但是只有在遭受极大的精神压力的情况下。"

"这些前提条件存在吗?"

"绝对存在。不用说,这次海外旅行让这些人更加紧张不安,精神更为疲惫,眼看着自己的生活跟其他人差异那么大。至于雷蒙德·博因顿……"

"怎么了?"

"他深深地被莎拉·金所吸引,这使得他的症状更为复杂。"

"让他又多了个动机,多了一个刺激因素?"

"是这样的。"

卡伯里上校咳嗽了一声。

"打断一下,你无意中听到的那句:'你明白的,不是吗?她必须得死!'肯定是对另一个人说的。"

"这一点说得好。"波洛说,"我没忘。是啊,雷蒙德·博因顿是对谁说的这句话呢?不用说,是家里的某个人。不过,是哪一个呢?医生,你可否跟我们说说其他家庭成员的精神状况?"

杰拉德快速地说道:

"我得说,卡罗尔跟雷蒙德很像——叛逆,外加严重的精神兴奋,但她的这种状态没有'性'这一因素的介入,所以并不复杂。雷诺克斯·博因顿已经过了叛逆期,陷入一种冷漠之中。我认为他很难集中精神。他应对周围环境的方法,就是刻意疏远,封闭自己,完全内向化了。"

"他妻子呢?"

"虽然他妻子很疲惫、忧郁,但没有精神问题。我相信,她当时正犹豫不决,正要做一个决定。"

"什么决定?"

"要不要离开她丈夫。"

他复述了一遍跟杰弗逊·柯普的谈话。波洛理解地点了点头。

"小女儿呢? 她叫吉内芙拉,是吗?"

法国人一脸严肃。"我得说,她处于一种非常危险的精神状态之中,已然有一些精神分裂的症状了。她无法忍受压抑的生活,便逃进幻想的世界中。她的受迫害妄想症加重了——她号称自己是一个王室成员,处于危险之中,四周都是敌人——这些都是常见的症状!"

"那这样——危险吗?"

"非常危险。这是演变成杀人狂的征兆。病人杀人,不是因为有杀戮的欲望,而是为了自卫。他们杀人,是为了保护自己不被人杀死。从他们自己的角度来看,这是完全合理的。"

"所以你认为,吉内芙拉·博因顿有可能杀死自己的母亲?"

"是的。不过,以这种方式杀人,我怀疑她不具备必要的知识和周密性。这种类型的狂躁一般都很简单明了。我几乎可以肯定,如果是她,会选择一种更为引人注目的方式。"

"不过她还是有这个可能的,是吗?"

"没错。"杰拉德承认道。

"那之后呢? 事情是什么时候发生的? 你觉得其他家庭成员知道是谁干的吗?"

"他们知道!"卡伯里上校出人意料地说话了,"他们是我所见过的最善于隐瞒的一家人!"

"我们会让他们说出隐瞒了什么的。"波洛说。

"严刑逼供?"卡伯里上校问。

"不是,"波洛摇了摇头,"只需要跟他们谈一谈。要知道,总的来说，人大都会说实话的。因为编谎话所带来的压力要更大一些。你可以撒一次谎，或者两次三次甚至四次，但你不可能一直撒谎。这样的话，就会真相大白了。"

"有道理。"卡伯里同意地说。

接着，他坦率地问："你是说，你要跟他们谈话？这意味着你愿意接手此事了？"

波洛低下头。

"我们先澄清一点，"他说，"你要求我提供的，是事情的真相。不过，注意这一点，就算我们得到了真相，也不一定有证据。就是说，没有法庭可以接受的证据。你明白吗？"

"完全了解，"卡伯里说，"你告诉我到底发生了什么，至于国际方面的影响、有没有可能采取行动，则由我来做决定。无论如何都要弄清楚，不能糊里糊涂，不明不白的。我不喜欢混乱。"

波洛笑了。

"还有件事，"卡伯里上校说，"我给不了你太多的时间。不能无限期地把这些人留在这里。"

波洛平静地说：

"你可以留他们二十四小时。到明天晚上，你就能知道真相了。"

卡伯里上校死死地盯着他。

"你非常自信，是吗？"他问。

"我知道自己的能力。"波洛咕哝道。

这种非英式的态度让卡伯里上校不太舒服，他移开目光，捋着杂乱的胡子。

"好吧，"他嘀咕着，"交给你了。"

"如果你能成功，我的朋友，你绝对是个天才！"

第四章

莎拉·金盯着赫尔克里·波洛研究了好一阵子。她注意到了那椭圆形的脑袋、漂亮的髭须、英国绅士讲究的衣着以及可疑的黑色头发。一丝怀疑从她眼中掠过。

与波洛那感到好笑的讽刺目光相遇时,她的脸红了。

"抱歉,你刚才说什么?"她尴尬地问道。

"可以了吧!① 用我最近刚学到的一个词,你把我'浏览'了一遍,对吧?"

莎拉微微一笑,说:

"不管怎样,你可以对我做同样的事。"

"当然,我也这么做了。"

她目光锐利地扫了他一眼,他的语气中似乎有什么含义。但是波洛正在扬扬得意地捋着自己的胡子,于是莎拉心想(第二次这么想了):"这个人是个江湖骗子!"

她的自信又恢复了一点,于是直起身子,说:

"我觉得我不是很明白我们这次面谈的目的是什么。"

"杰拉德医生没告诉你吗?"

莎拉皱着眉头说道:"我不明白杰拉德医生的意思,他好像

---

①原文为法语。

是认为——"

"丹麦有恶事发生[①]，"波洛引用道，"你看，我知道你们的莎士比亚。"

莎拉没有理会莎士比亚的事。

"你到底在乱说些什么？"她问道。

"好吧[②]。我们想知道案子的真相。"

"你是在说博因顿老夫人的死？"

"是的。"

"这不是无事生非吗？当然了，你，波洛先生，是个专家，自然会——"

波洛替她说了下去：

"我自然会怀疑有犯罪发生，只要我发现疑点。"

"呃，是的，也许吧。"

"对博因顿老夫人的死，你自己就没怀疑过吗？"

莎拉耸了耸肩。

"说真的，波洛先生，如果你去佩特拉的话，就会意识到，对一个心脏不好的老太太而言，旅行是一件艰苦的事情。"

"她的死对你来说是一件非常自然的事吗？"

"当然了。我无法理解杰拉德医生的态度。关于这件事，他一无所知。他发烧了，病了。当然我很佩服他丰富的医学知识，但是在这种情况下，他就没有用武之地了。如果他们对我的判断不满，大可以去耶路撒冷做尸检。"

波洛沉默了一会儿，又说：

[①] 莎士比亚在《哈姆雷特》中写道："丹麦有恶事发生。"直译是丹麦地区有东西正在腐烂或发出恶臭。
[②] 原文为法语。

"金小姐,有件事你并不知道。杰拉德医生还没告诉你。"

"什么事?"莎拉问。

"杰拉德医生的旅行药箱中,不见了一种药,毛地黄毒苷。"

"哦!"莎拉立刻就知道情况有了新的变化,同时,她也飞快地抓住了一个疑点。

"杰拉德医生很肯定吗?"

波洛耸了耸肩。

"你应该知道,小姐,医生说话通常都非常谨慎。"

"哦,当然了,这毋庸置疑。但是那个时候杰拉德医生的疟疾发作了。"

"的确如此。"

"他知道药是什么时候被偷走的吗?"

"他到达佩特拉的当天晚上,刚好打开过药箱,想找一些解热镇痛的药,因为他头疼得要命。第二天早上,当他把药放回去并关上药箱的时候,他几乎能确定所有的药都完整无缺。"

"几乎——"莎拉说。

波洛耸耸肩。

"是的,他有怀疑。任何诚实的人都会感到怀疑。"

莎拉点点头。"是的,我知道。要是绝对肯定的话,反而不可信了。但是,不管怎样,波洛先生,这些证据太脆弱了,依我看——"她截住了话头。波洛替她把话说完。

"依你看,我这次的调查很鲁莽!"

莎拉直直地看着他的脸。

"坦白说,是的。你确定,你不会像《罗马假日》所演的那样,扰乱别人的私生活吗?"

波洛笑了。"去扰乱一个家庭,插手人家的私生活,就因为赫尔克里·波洛想玩个小游戏自娱自乐？"

"我无意冒犯，但多少有点儿吧？"

"这么说，你是站在博因顿一家那边的，小姐？"

"我想是的。他们已经遭受了很多痛苦，不应该再继续受更多的苦了。"

"那么那位母亲呢？她很讨厌，像个暴君，很难打交道，死了比活着好？那也……嗯？"

"要是你这么说的话，"莎拉脸红了，她顿了顿，继续说道，"我同意不应该把这种因素包括在内，那是另外一回事。"

"但都一样——有人就包括在内了！确切地说，就是你。可我不会！对我来说都是一样的。受害者也许是一个上帝的信徒，或者相反，是一个臭名昭著的恶魔，都不会影响我。结果都是一样的。一个生命被夺走了！我经常这么说：我不允许谋杀！"

"谋杀？"莎拉倒吸一口凉气，"但是有什么证据吗？你的想象力可真丰富啊！杰拉德医生自己都无法确定！"

波洛平静地说："但是还有其他证据，小姐。"

"什么证据？"她声音尖厉。

"死去的老太太手腕上有一个皮下注射器刺下去的针眼，还有，在耶路撒冷一个寂静而晴朗的夜晚，我去关自己卧室的窗户时，无意中听到了一句话。想知道是什么话吗，金小姐？我听到雷蒙德·博因顿先生这么说：'你明白的，不是吗？她必须得死！'"

他看到她的脸慢慢失去血色。

她说："你听到了？"

"是的。"

女孩直视前方。

最后，她开口道："只有你才会留意这种话！"

他表示同意。

"是的，这就是我。这种事时常发生。现在，你该明白我为什么觉得要调查一番了吧？"

莎拉静静地说："我想你是对的。"

"啊！那你会帮我吗？"

"当然。"

她的声音里不带任何感情，眼神冷冷地迎着他的目光。

波洛点点头。"谢谢你，小姐。现在，我请你用自己的话准确地给我讲一下，在那个特别的日子里，你能记起来的事。"

莎拉考虑了一会儿。

"让我想想。早上，我出去远足。博因顿家没人和我们在一起。午饭时我看到了他们。我们进去的时候他们已经快吃完了。博因顿老夫人的脾气好得反常。"

"我明白，平时她可不怎么和蔼可亲。"

"不仅仅是不和蔼。"莎拉做了个鬼脸。

接着，她描述了博因顿老夫人如何放家人去自由行动的事。

"这也很反常？"

"没错，通常她都把他们留在身边，不让他们离开。"

"你认为，也许是她忽然受到良心谴责——心软了？"

"不，我不这么认为。"莎拉坦白地说。

"那你那时是怎么想的呢？"

"我很困惑，我怀疑她在耍类似'猫捉老鼠'的把戏。"

"可以详细说一下吗，小姐？"

"猫故意放开老鼠，然后再抓住，以此为乐。我想博因顿老夫人就是这种心理。我以为她要玩什么新花样了。"

"后来发生了什么,小姐?"

"博因顿一家出发了——"

"所有人吗?"

"不是,最小的孩子,吉内芙拉留下了,她母亲让她去休息。"

"她愿意吗?"

"不愿意,但没用。母亲让她做什么,她就得做什么。其他人走了之后,杰拉德医生让我也一起去——"

"那是什么时候?"

"大概三点半。"

"那时候老夫人在哪儿?"

"娜丁——博因顿少夫人,已经在洞穴外的椅子上安顿她坐下了。"

"请继续。"

"转过弯,杰拉德医生和我赶上了大部队。大家一起走着。过了一会儿,杰拉德医生就回去了。有那么一阵子,他看着有些不对劲,我能看出他在发烧。我想陪他一起回去,不过他说不用。"

"那是什么时候?"

"哦,我想是大约四点钟。"

"其他人呢?"

"我们继续往前走。"

"你们全都在一起吗?"

"一开始是,后来大家分开了,"莎拉好像提前猜到了他的下一个问题,急急地说着,"娜丁·博因顿和柯普先生走一条路,卡罗尔、雷诺克斯、雷蒙德和我走另外一条。"

"你们一直是这样吗?"

"不,不是的。后来雷蒙德和我离开了大家,我们坐在平坦的岩石上欣赏荒野的美景。之后他回去了,我又独自坐了一会儿。等我看手表时,已经大约五点半了,我觉得该回去了。六点的时候我回到了营地,正好是日落时分。"

"在回去的路上,你见过博因顿老夫人吗?"

"我注意到她仍然坐在山脊的椅子里。"

"你不觉得奇怪吗——她都没挪过地方?"

"不觉得,因为前一天晚上到达的时候,我就看见她坐在那儿。"

"明白了,请继续①。"

"我走进大帐篷,大家都在——除了杰拉德医生。我梳洗一番,回来时,他们端来了饭碗,其中一个仆人去请博因顿老夫人。他飞奔而回,说她病了。我急忙出去。她仍然像之前那样坐在椅子里,但是我一碰到她就知道她已经死了。"

"你完全没有怀疑,认定她就是自然死亡?"

"毫无怀疑。我听说她有心脏病,但是不知道具体的病名。"

"你认为,她只不过是坐在椅子里死了而已?"

"是的。"

"没有呼救?"

"是的。这种事时有发生。她甚至有可能是在睡梦中死去的。她也许只睡了一小会儿。不管怎样,几乎整个下午,营地里的所有人都在睡觉,除非她声音很大,否则没人能听见。"

"你认为她死了多长时间?"

---

① 原文为法语。

"这个,我没有多考虑。她确实已经死了一段时间了。"

"你所说的'一段时间'是多久?"波洛问。

"唔,超过一小时,也有可能更久。岩石对阳光的反射,会让她的尸体不至于冷得太快。"

"超过一小时?你知道吗,金小姐,雷蒙德·博因顿半小时前还跟她说过话,而那时候她还活得好好的。"

她躲开了他的视线,摇了摇头。"他一定是搞错了。肯定比那时候早。"

"不是的,小姐,不是。"

她直直地看着他,他注意到,她的嘴角又紧紧地抿了起来。

"这个,"莎拉说,"我还年轻,在验尸方面没什么经验,但有一件事我很肯定。当我检查博因顿老夫人的尸体时,她死了至少有一小时了!"

"这个,"赫尔克里·波洛出人意料地说,"是你的说法,你也会一直坚持这么说的!那么,你能否解释一下,为什么博因顿先生在他母亲已经死亡的时间,声称她还活着呢?"

"我不知道,"莎拉说,"也许他们所有人都没什么时间观念。他们是很神经的一家子!"

"你跟他们说过几次话,小姐?"

莎拉沉默了一会儿,眉毛微微一皱。

"我可以明确地告诉你,"她说,"我跟雷蒙德·博因顿在去耶路撒冷的火车走廊上说过话。跟卡罗尔·博因顿说过两次话——一次在奥马尔清真寺,另一次是在那天半夜,在我卧室里。第二天早上我跟雷诺克斯·博因顿的夫人说过话。在博因顿老夫人去世的那天下午,所有人都一起外出散步了。就这些。"

"你没跟博因顿老夫人说过话吗?"

莎拉的脸因尴尬而变红了。

"说过。她离开耶路撒冷那天我跟她说过两句,"她顿了顿,接着脱口而出,"事实上,我出洋相了。"

"啊?"

询问者的耐性好极了,所以尽管莎拉不情愿,但还是生硬地讲述了那段对话。

波洛似乎很有兴趣,仔细地追问了好多。

"博因顿老夫人的心理状态,在这个案子中非常重要,"他说,"而你是个局外人,一个不抱偏见的观察者,所以你对她的看法至关重要。"

莎拉没有作答。想起那次对话,她仍然觉得烦躁不安。

"谢谢你,小姐,"波洛说,"现在,我要跟其他证人谈一谈了。"

莎拉站起身。"抱歉,波洛先生,不知道我能否提一个建议——"

"当然,当然。"

"为什么不等到尸检完成,知道你的怀疑是否有道理再进行这些询问呢?我认为现在这样更像是本末倒置。"

波洛夸张地挥了挥手。"这就是赫尔克里·波洛的方式。"他宣布。

莎拉双唇紧闭,离开了房间。

第五章

韦斯特霍姆爵士夫人就像一艘横渡大西洋的客轮,自信满满地走进了房间。

安贝尔·皮尔斯小姐像一条摇摇摆摆的小舟,跟随着客轮的航行轨迹走了进来,在后面一把质量较差的椅子里轻轻落座。

"当然了,波洛先生,"韦斯特霍姆爵士夫人说,"我一定会竭尽所能为你提供帮助。我一直认为,一个人应该对这种事情尽一份社会责任——"

爵士夫人就社会责任的话题说了好一会儿之后,波洛巧妙地提出了问题。

"那天下午的事,我记得很清楚,"爵士夫人回答,"皮尔斯小姐和我会尽最大努力来帮助你的。"

"唉,是啊,"皮尔斯小姐心醉神迷地叹了口气,"真是悲惨,不是吗?那个老夫人就那样忽然死了。"

"可否告诉我,那天下午到底发生了什么事吗?"

"当然了,"爵士夫人说,"吃完午饭,我打算睡一会儿。因为上午的远足让我觉得有些累。啊,不,不是真的累了。其实,我从不知疲倦为何物。有的人一参加公众活动就疲惫,不管你的真实感受如何——"

波洛又巧妙地提示了一声。

"我刚刚说了,我想睡午觉,皮尔斯小姐也同意。"

"哦,是的,"皮尔斯小姐说,"早上真是把我累坏了。爬山实在是太危险了,虽然有趣,但让人精疲力竭。恐怕我不如爵士夫人那么强健。"

"疲惫,"爵士夫人说,"跟其他事情一样,都是可以克服的。我绝对不会让自己屈服于肉体的需求。"

波洛说:

"午饭之后,你们两位是各自回帐篷了吗?"

"是的。"

"那时候,博因顿老夫人就坐在洞穴门口吗?"

"她儿媳出去散步前,安置她坐在那儿的。"

"你们两个都看见她了?"

"哦,是啊,"皮尔斯小姐说,"她在我对面,当然,有点远,而且位置挺高。"

韦斯特霍姆夫人解释道:

"洞穴口朝着一块岩台敞开着,岩台下面有一些帐篷营地,还有一条小河,对面是大帐篷和其他帐篷。皮尔斯小姐和我都住得离大帐篷很近,她在右边,我在左边。我们的帐篷入口都对着岩台,当然,中间有一段距离。"

"据我所知,有两百码?"

"大概是吧。"

"我有张地图,"波洛说,"是向导马哈茂德帮忙绘制的。"

韦斯特霍姆爵士夫人说,如果是这样的话,那很有可能是错的!

"那家伙说话不可靠!我把他说的话,跟我的旅游指南逐一对照过,有好几个地方他都解释错了。"

"根据我这张图,"波洛说,"博因顿老夫人旁边的洞穴里,住着她的大儿子雷诺克斯和妻子,雷蒙德、卡罗尔和吉内芙拉都住在下面的帐篷里,往右一点,对着大帐篷。吉内芙拉·博因顿右边的帐篷是杰拉德医生的,再旁边,是金小姐的。在小溪对面,左边的帐篷是你和柯普先生的。如你所说,皮尔斯小姐的帐篷则在大帐篷的右边,对吗?"

爵士夫人不情愿地承认,就她所知,是这样。

"谢谢。这就清楚了。请继续说吧,爵士夫人。"

爵士夫人礼貌地微微一笑,接着说:

"大约差一刻四点的时候,我想看看皮尔斯小姐是否醒了,要不要出去散步,所以就去了她的帐篷。她正坐在帐篷口看书。我们约定半小时之后出发,那时候不会太热。然后,我回到自己的帐篷,看了二十五分钟的书,之后就去找皮尔斯小姐。她已经准备好了,所以我们马上就出发了。所有人好像都在营地里睡觉,附近一个人影都没有。我看到博因顿老夫人一个人坐在那上面,就向皮尔斯小姐建议说,我们走之前问问她需不需要什么东西。"

"是的,确实如此。我那时候就在想,你可真体贴。"皮尔斯小姐低声说道。

"我觉得这是我的责任。"韦斯特霍姆夫人自鸣得意地说道。

"可是她那么粗鲁!"皮尔斯小姐大声说。

波洛露出一副询问的表情。

"我们经过岩石下面的路,"爵士夫人解释道,"我对着上面的她大声说我们要去散步,问她在我们离开之前有没有什么需要帮忙的。你知道吗,波洛先生,她唯一的回答就是一声'哼'!她那样看着我们,好像我们——我们很肮脏!"

"太无礼了！"皮尔斯小姐的脸都红了。

"我得说，"爵士夫人的脸也有点红，"我也说了不好听的话。"

"你说了什么？"波洛问。

"我对皮尔斯小姐说，也许她喝醉了！她的神态真的非常奇怪。她一直都是那副样子。所以我认为可能是喝了酒造成的。酗酒的坏处，我可是清楚得很——"

波洛巧妙地避开了酗酒的话题。

"那天她的神态一直很奇怪吗？比如，吃午饭的时候？"

"哦，不，"爵士夫人一边想着一边说，"不，我得说，那天中午她很正常——就是美国人的那种做派。"她轻蔑地补充道。

"她骂了那个仆人一顿。"皮尔斯小姐说。

"哪个仆人？"

"就在我们离开前不久——"

"哦，没错，我想起来了。她确实对那个仆人大发雷霆。当然了，"爵士夫人接着说，"仆人一句英语都听不懂，确实让人生气，但是旅行的时候你只能忍一忍。"

"哪个仆人？"波洛问道。

"营地那些贝都因仆人里的一个。他到她那儿——我想她肯定是让他取某个东西，可能他拿错了——我不知道具体是怎么回事——总之，她气得要命，吓得他立马逃跑了。她在他身后挥动着拐杖，大喊大叫。"

"她说了些什么？"

"太远了听不见。起码我没听见。你呢，皮尔斯小姐？"

"我也没听见。我猜，有可能是她指使他去她小女儿的帐篷里取什么东西，或者，也许是他进了她女儿的帐篷惹她生气了。"

我不知道。"

"他长什么样?"

被问到话的皮尔斯小姐茫然地摇了摇头。

"我不清楚。他离我很远,在我看来,阿拉伯人都长得差不多。"

"他比普通人略高,"爵士夫人说,"戴着当地人经常戴的那种头巾,裤子破破烂烂的都是补丁——他们太有失体面了——绑腿也打得很马虎。穿着实在太不讲究了!应该好好管教一下。"

"你能从营地里的仆人之中认出这个人来吗?"

"恐怕很难。我们没见到他的脸——太远了。并且,正如皮尔斯小姐所说,所有阿拉伯人都长得一个样。"

波洛沉思着说:"不知道他做了什么让老夫人如此生气。"

"他们有时候的确很考验人的耐心,"爵士夫人说,"我明明告诉一个仆人,我要自己擦鞋,还冲他打手势,可他还是把我的鞋子拿走了。"

"我也是。"波洛这会儿换了个话题,"我走到哪儿都会带着清理鞋子的设备,还会带一块擦鞋布。"

"我也是。"爵士夫人的声音很通情达理。

"因为阿拉伯人从来不掸随身物品上面的灰尘。"

"没错!我一天怎么也要掸个三四次。"

"但是就应该这么做。"

"没错,就是这样,我受不了灰尘!"

爵士夫人看上去很富有战斗精神。

她又激动地补充了一句:

"苍蝇——在市场上到处都是——太可怕了!"

"没错,没错,"波洛有些歉疚地说,"我们很快就能找这个人问一问博因顿老夫人生气的缘由了。请接着说吧。"

"我们慢慢地散着步,"韦斯特霍姆夫人说,"遇到了杰拉德医生。他走路跟跟跄跄的,看上去很不好。我立刻就知道他在发烧。"

"他在发抖,"皮尔斯小姐插嘴道,"浑身哆嗦。"

"我一眼就看出来他得疟疾了,"爵士夫人说,"我提出要跟他一起回营地,给他拿奎宁,但他说他有。"

"可怜的人,"皮尔斯小姐说,"对我来说,看到医生生病是一件可怕的事。好像哪里不对劲。"

"我们继续散步,"爵士夫人继续说道,"后来就坐在一块岩石上休息。"

皮尔斯小姐嘟囔着说:"没错,早上的远足——爬山,太累了……"

"我从不知疲惫,"爵士夫人断然说道,"但是再往前走也没什么意思了,我们把周围的景色都看完了。"

"你们能看到营地吗?"

"能,我们正对着营地坐着。"

"那景致浪漫极了,"皮尔斯小姐嘀咕着,"营地就在荒野里的一堆玫瑰色的岩石中间。"

她叹了口气,摇摇头。

"那个营地还可以经营得更好,"爵士夫人说,木马般的鼻孔扇动着,"我要再跟卡斯尔旅行社谈一谈,我不确定饮用水是不是过滤过,是否烧开了。应该这样,我要跟他们谈谈。"

波洛咳嗽了一声,赶紧把话题从饮用水的问题上引开。

"你们看到那家人中的其他人了吗?"

"是的。博因顿夫人的大儿子和他妻子在回营地的路上遇见了我们。"

"他们是一起的吗?"

"不是,博因顿先生先回来的。他好像有点中暑,走起路来摇摇晃晃的,可能有点眩晕。"

"后颈那里,"皮尔斯小姐说,"一定要好好保护。我一直围着一条厚厚的丝巾。"

"雷诺克斯·博因顿先生在回营地的路上做了些什么?"

皮尔斯小姐第一次抢在爵士夫人前头开了口。

"他直接去找他母亲了,但没待多久。"

"那是多久?"

"一两分钟。"

"我得说,是一分钟多一点。"爵士夫人说,"之后他回了一趟自己的帐篷,然后朝大帐篷走去。"

"他妻子呢?"

"她过了十五分钟才回来,停下来跟我们说了几句话——相当有礼貌。"

"我觉得她人很好,"皮尔斯小姐说,"真不错。"

"她跟这家里的其他人不一样。"爵士夫人表示同意。

"你们看到她回营地了吗?"

"看到了。她爬上去跟她婆婆说话,然后走进洞穴搬出椅子,坐在那个老太太身边,跟她说了大概十分钟的话。"

"然后呢?"

"然后,她把椅子搬回洞穴,去下面她丈夫所在的大帐篷那儿了。"

"之后发生了什么?"

"那个奇怪的美国人——好像叫柯普——过来了,"爵士夫人说,"他跟我们说,转过山谷的拐角有一个地方,可以看作是堕落的现代建筑的范本,他说我们不应该错过。所以我们就去了。柯普先生随身带了一篇关于佩特拉和纳巴泰人的有趣的文章。"

"很有趣。"皮尔斯小姐说。

韦斯特霍姆夫人继续说:

"大约五点四十分,我们溜达回营地,那时候天气已经转凉了。"

"博因顿老夫人还像你们离开时那样坐着吗?"

"对。"

"你们跟她说话了吗?"

"没有。其实,我几乎没注意到她。"

"后来你们做了什么?"

"我回到帐篷换鞋,带着我的中国茶叶去了大帐篷。导游正好在那儿,我让他用我的茶叶给我和皮尔斯小姐泡茶,并且要保证水是开的。他说半个小时之后就会开饭——仆人们正在摆桌子——但是我说没关系。"

"我常说,一杯茶就能改变一切。"皮尔斯小姐含含混混地嘟囔着。

"大帐篷里还有别人吗?"

"哦,有的。雷诺克斯夫妇坐在角落里看书,卡罗尔·博因顿也在那儿。"

"柯普先生呢?"

"他和我们一起喝茶,"皮尔斯小姐说,"虽然他说美国人不习惯喝茶。"

爵士夫人咳嗽了一声。

"我开始有点担心柯普先生会不好应付——他有可能会缠着

我不放。当你旅行时，想要跟别人保持距离是有些困难的。我发现他们会逐渐放肆起来。尤其是美国人。"

波洛礼貌地说：

"爵士夫人，我确信你肯定很善于处理这种状况。一旦旅伴对你没什么用了，我相信你会果断地抛下他们。"

"哦，我相信大部分情况我都能处理好。"爵士夫人得意地说。

波洛那闪烁狡黠的目光对她完全不起作用。

"请把后面的事说完，可以吗？"波洛咕哝道。

"好的。我记得没过多久，雷蒙德·博因顿和他们家那个红头发的女孩也走进了帐篷里。金小姐是最后一个到的。那时候晚饭已经准备好了，向导派一个仆人去叫博因顿老夫人。那人是跟一个同伴一起跑回来的，有些激动地跟向导说着什么，其中一个说老夫人病了。金小姐说可以去帮忙，就和向导一起出去了。回来之后，她对博因顿一家宣布了老太太的死讯。"

"她说得很唐突，"皮尔斯小姐插嘴道，"就那样脱口而出。我认为她应该缓缓地说出来。"

"博因顿一家听到这个消息后，反应如何？"波洛问。

这一回，爵士夫人和皮尔斯小姐都有些困惑了。最后，前者开口了，但明显没有刚才那么自信。

"这个——真的——不好说。他们——他们听到后都很平静。"

"惊呆了。"皮尔斯小姐说。

这话与其说是在陈述一个事实，不如说是一种推测。

"他们跟金小姐一起出去了，"爵士夫人说，"而皮尔斯小姐和我则明智地待在了原地。"

皮尔斯小姐的眼睛里闪现出了一丝渴望。

"我讨厌低级的好奇心！"韦斯特霍姆爵士夫人又说。

渴望的眼神更强烈了，看得出来，当时的皮尔斯小姐是不得已才表现得很讨厌"低级的好奇心"的。

爵士夫人继续说着："后来，向导和金小姐回来了。我建议应该马上为我们四个人开饭。这样，博因顿一家晚一点回大帐篷吃晚饭的时候，就不会因为有陌生人在场而感到尴尬了。他们听从了我的建议。吃完饭，我马上就回了自己的帐篷，金小姐和皮尔斯小姐也是。我认为柯普先生仍留在帐篷那儿，因为他是博因顿家的朋友，想留下帮忙。我知道的就是这些了，波洛先生。"

"金小姐公布了死亡的消息之后，博因顿一家所有人都和她一起出去了？"

"是的，不，这一说我倒想起来了。那个红头发的女孩没走。也许你还记得吧，皮尔斯小姐？"

"是的，我想——我确定她没走。"

波洛问："她在做什么？"

爵士夫人瞪着他。

"她在做什么，波洛先生？就我所能记得的，她什么都没做。"

"我是说，她在缝衣服？或者在读书？她看上去焦虑吗？她有没有说什么？"

"呃，其实——"爵士夫人皱着眉头，"她——呃——我记得她就在那儿坐着。"

"她在捻手指，"忽然，皮尔斯小姐说，"我记得我注意到了——可怜的，我觉得这说明她有感觉！她脸上虽然没有表现出什么来，就是双手翻过来翻过去，绞拧在一起。"

"有一次，"皮尔斯小姐继续滔滔不绝地说着，"我就像她那样撕了一张一英镑的钞票——当时完全不知道自己在做什么。'我要不要坐上火车去她那儿呢?'我心想。(她是我的一位姑婆,忽然间病倒了。)'要不要呢?'我一直拿不定主意,这时我一低头,发现手里拿的不是电报,而是一张一英镑的钞票,而且已经被我撕碎了。一英镑啊!"

皮尔斯小姐戏剧性地打住了。

爵士夫人不太满意自己的跟班忽然抢了风头,于是冷冷地说道:"还有什么事吗,波洛先生?"

波洛吃了一惊,从沉思中惊醒过来。"没有了,没什么了。你们说得很明白——非常清楚。"

"我有超群的记忆力。"爵士夫人自得地说道。

"最后,我还有一个小请求,爵士夫人,"波洛说,"请继续坐在这儿,不要看别的地方,现在麻烦你向我描述一下皮尔斯小姐都穿了什么吧——如果皮尔斯小姐不反对的话。"

"哦,不,没问题。"皮尔斯小姐喊喊喳喳地说着。

"说真的,波洛先生,我看不出有什么理由这样做——"

"请你按我说的做吧,夫人。"

爵士夫人耸了耸肩,勉为其难地说了起来:

"皮尔斯小姐穿着一条棕白相间的棉质裙,配着红蓝灰的苏丹皮带。脚穿米色丝袜和棕色亮面系带鞋。左腿上的丝袜有一个地方抽丝了。她戴了一串红玉髓的珠链,其中夹杂着一颗闪亮的蓝色珠子。她还戴了一枚镶嵌着珍珠的蝴蝶状胸针。右手的中指上戴着一枚仿造的圣甲虫戒指,头戴一顶红褐相间的双层宽檐毡帽。"

她停顿下来——显示非凡能力的停顿。然后,她冷冷地问:

"还有别的事吗?"

波洛夸张地摊开双手。

"我对你很是钦佩，夫人。你的观察力的确超群。"

"任何细节都逃不过我的眼睛。"

爵士夫人站起身，微微点点头，离开了房间。皮尔斯小姐跟在她后面，沮丧地盯着自己的左腿。这时，波洛说道：

"请等一等，小姐。"

"有事吗？"皮尔斯小姐抬起头，脸上现出一丝不安。

波洛探身向前，用一种透漏机密的口吻问道：

"你看到桌子上面的这束野花了吗？"

"看到了。"皮尔斯小姐一边说，一边瞪着波洛。

"你刚进房间的时候，我打了一两个喷嚏，你注意到没？"

"怎么了？"

"你注意到我闻那些花了吗？"

"这个——其实——没有，我不知道。"

"但你记得我打过喷嚏？"

"是的，我记得。"

"啊，好啦，没什么了。你瞧，我只是在想这些花会不会引起枯草热[①]。没什么事了！"

"枯草热？"皮尔斯小姐惊叫道，"我记得我一个远房亲戚就是这么死的！她经常说她每天都要用硼酸清洗鼻子……"

波洛好不容易才截住皮尔斯小姐的远亲关于治疗鼻子的话头，并把她给打发走。他关上门，眉头紧锁，回到房间。

"其实我根本没打喷嚏，"他嘟囔着，"唉，根本就没打。"

[①] 枯草热又称花粉热，是一种因吸入外界花粉抗原而引起的春夏季过敏性疾病。

第六章

雷诺克斯·博因顿脚步迅速而坚定地走进房间。如果杰拉德医生在这儿,一定会为这个人的变化而感到吃惊。那副漠不关心的神态消失殆尽。他的神情很警觉——尽管一眼就能看出来他很紧张。他的眼睛快速地转来转去,扫视着房间。

"早上好,博因顿先生。"波洛站起身,隆重地低头致意。而雷诺克斯则有些笨拙地回了礼。

"非常感谢你答应过来见我。"波洛说。

雷诺克斯·博因顿犹豫着说:"呃,卡伯里上校说这样做比较好,所以他建议我来,说是例行公事。"

"博因顿先生,请坐。"

雷诺克斯坐在了爵士夫人刚刚坐过的椅子上。波洛继续用聊天的语气说道:

"恐怕,这件事让你非常震惊吧?"

"是的。当然了。哦,不,也许不是……我们一直都知道母亲的心脏有问题。"

"在这种情形下,还让她进行一次艰苦的旅行,似乎不太明智吧?"

雷诺克斯·博因顿抬起头,语调中含有一种带着悲伤的尊严。

"波——波洛先生,是我母亲决定的。只要她决定了,我们反对也没用。"

说最后几个字的时候,他深吸一口气,脸色忽然变得异常苍白。

"我很明白,"波洛承认道,"上了年纪的女人有时候会很固执。"

雷诺克斯烦躁地说:

"叫我们来这儿问话是为了什么,这是我想知道的。为什么会需要这种例行公事?"

"也许你并不知道,博因顿先生,在意外以及突然死亡这种案件中,这种手续都是必需的。"

雷诺克斯尖声问道:"你说'意外死亡'是什么意思?"

波洛耸耸肩。

"总有需要考虑的问题:自然死亡,还是自杀。"

"自杀?"雷诺克斯·博因顿呆住了。

波洛温和地说:

"当然了,关于这些可能性你知道得非常清楚,但卡伯里上校却蒙在鼓里。他需要做个决定,是否应该进行调查——尸检或者其他方法。恰好我在这里,对这类事情比较有经验,所以他想让我做个调查,在这件事上给他一些建议。当然,如果有可能,他自然不希望给你们带来麻烦。"

雷诺克斯·博因顿愤愤地说:"我要发电报给耶路撒冷的美国领事馆。"

波洛不置可否地说:"当然,你有权这么做。"

接着,是一阵沉默。之后,波洛摊开双手,说道:

"要是你拒绝回答我的问题——"

雷诺克斯·博因顿赶紧说道:"不是的。只是……好像……

没那个必要。"

"我明白，我完全了解。但是这一切都很简单，真的。就像他们说的，其实就是例行公事。那么，在你母亲去世的那天下午，博因顿先生，你离开佩特拉的营地去散步了，是吗？"

"是的，我们都去了——除了母亲和小妹。"

"那时候你母亲是坐在洞穴的门口吗？"

"是的，就在洞口外面。她每天下午都坐在那儿。"

"唔。你们是什么时候出发的？"

"我想大概是三点刚过。"

"你几点回营地的？"

"我真的说不上来是几点——也许是四点或五点。"

"你们出去了一两个小时？"

"是的——我想大概是。"

"你回来的路上遇到什么人了吗？"

"我什么？"

"你碰见什么人了吗？比如，坐在岩石上的两位女士？"

"不知道。我想是碰到过。"

"也许是你太专心思考了，没有注意到？"

"是的。"

"回到营地之后，你跟你母亲说过话吗？"

"是的，说过。"

"她没有抱怨说感觉不舒服吗？"

"没有，她看上去挺不错的。"

"可否请你告诉我，你们说了些什么？"

雷诺克斯沉默了片刻。

"她说我回来得很快，我说是的。"他再次停顿，努力回想，

"我说天气真热。她——她问我时间——说她的腕表停了。我从她手腕上取下手表,上了弦,对好时间,又帮她戴好。"

波洛礼貌地打断了他的话。

"那是几点?"

"嗯?"雷诺克斯问道。

"你对表的时候是几点?"

"哦,是——是四点二十五分。"

"所以,你知道自己究竟是几点回到营地的了!"波洛轻声说道。

雷诺克斯的脸红了。

"是的,我太蠢了!抱歉,波洛先生,我一直都迷迷糊糊的,担心——"

波洛飞快地接过话茬儿:"啊,我明白——非常理解。这件事让人心烦意乱。后来发生了什么?"

"我问母亲需要些什么,要不要喝点茶或咖啡。她说不要。之后我去了大帐篷。四周好像没有仆人,但我找到一些苏打水喝了。我很口渴。我坐在那儿看了几张旧的《星期六晚邮报》,之后打了个盹儿。"

"后来,你妻子过来找你了?"

"是的,没过多久她就来了。"

"你母亲去世之前,你又见过她没有?"

"没有。"

"你跟她说话的时候,她有没有不安或者烦躁?"

"没有,跟平时一样。"

"没有说起哪个仆人给她惹了麻烦或者让她生气吗?"

雷诺克斯睁大了眼。

"没有,她完全没提过。"

"你所能告诉我的就是这些了吗?"

"是的,恐怕是。"

"谢谢你,博因顿先生。"

波洛点点头,表示会面结束了。雷诺克斯好像不怎么愿意离开,他站在门口迟疑了片刻。"呃——没别的事了吗?"

"没有了。请让你的妻子来一趟,可以吗?"

雷诺克斯缓步走出房间。波洛在一旁的便签纸上写道:"L.B.,下午四点三十五分。"

第七章

波洛饶有兴致地看着这个高挑而端庄的年轻女人走进了房间。他起身点头致意。"是雷诺克斯·博因顿夫人吧,我是赫尔克里·波洛,愿为您效劳。"

娜丁·博因顿坐下,若有所思地看着波洛。

"抱歉夫人,在你伤心的时候打扰你了,希望你不要介意。"

她仍然目不转睛地看着他,并没有立刻回答,眼神沉稳而庄严。最后,她叹了口气,说:"我想,波洛先生,我最好跟你直说。"

"我也希望如此,夫人。"

"你刚刚说,为在我伤心的时候打扰而感到抱歉。但是波洛先生,我并不悲伤,装成伤心的样子也没用。我对我婆婆完全没有感情,所以我不能撒谎说我对她的死感到伤心。"

"谢谢你这么坦白,夫人。"

娜丁接着说:"虽然我不会装得很伤心,但我得说,我有另外一种情绪——后悔。"

"后悔?"波洛的眉毛扬了起来。

"是的。因为,是我造成她死亡的。对于这一点,我非常自责。"

"你这话是什么意思,夫人?"

"我是说,我是我婆婆死亡的原因。我原以为做人诚实总是没错的,但结果却非常不幸。无论从哪一点来看,都是我杀死了我婆婆。"

波洛往椅子背上一倚。"你可否解释一下,夫人?"

娜丁低下头。

"是的,我正打算解释。当然了,我的第一反应就是把这个当成自己的私事,不对任何人说。可是,我发现还是说出来比较好。波洛先生,你听过别人对你吐露心声吧?"

"没错,听过。"

"那我就简单说说发生了什么。波洛先生,我结婚后的生活不是很美满,我丈夫不能为此负全责——很不幸,他母亲对他影响很深——但是,有段时间我感觉越来越无法忍受自己的生活了。"

她顿了顿,继续说道:

"我婆婆去世的那天下午,我做了个决定。我有个朋友——非常要好的朋友。他不止一次地建议我跟他一起生活。那天下午,我接受了他的建议。"

"你决定离开你丈夫?"

"是的。"

"请继续,夫人。"

娜丁压低了声音,说:

"既然做了决定,我就想——想尽快付诸实施。我回到营地时,我婆婆正独自坐在那儿,周围一个人也没有。我决定趁这个机会告诉她这件事。我搬了一把椅子,坐在她身边,把我的想法直接告诉了她。"

"她吃了一惊?"

"是的,这事让她深受打击。她惊讶、愤怒——勃然大怒。我不想再跟她争执下去,就起身走开了,"她降低了声音,"我——她去世之前,我再也没见过她。"

波洛缓缓地点点头,说:"明白了。"

然后,他问道:"你觉得她是因为遭受了打击而去世的?"

"应该就是因为这个。她来这里旅行就已经疲劳至极。我又告诉了她这件事,她对此十分生气,所以……我感到格外内疚,因为我接受过一些护士训练,对疾病略知一二,我应该比其他人都更清楚这种事是有可能发生的。"

波洛默不作声地坐了一会儿,然后说道:

"你离开她之后,做了些什么?"

"我把搬出来的椅子放回洞穴,然后就到大帐篷那儿去了,我丈夫在那里。"

波洛凝视着她。

"你是去告诉他你的决定,还是早就告诉过他了?"

沉默,仅仅是瞬间的沉默,娜丁说道:"我是那时候告诉他的。"

"他有什么反应?"

她静静地说:"他心烦意乱。"

"他有没有请你再重新考虑一下?"

她摇了摇头。

"他——他没再说什么。我们都很清楚,这种事迟早会发生。"

波洛说:"对不起——另一个男人肯定是杰弗逊·柯普先生了?"

她低下了头。"是的。"

沉默了好一阵子之后，波洛开口了，语气并没有什么变化。

"你有一个皮下注射器，对吗，夫人？"

"有……不，没有。"

他抬了抬眉毛。

她解释说："我的旅行药箱里有一个旧的皮下注射器，但是留在了大旅行袋中，放在耶路撒冷了。"

"明白了。"

她沉默了一会儿，问了个问题，声音因为不安而微微颤抖。

"你为什么要问这个，波洛先生？"

他没有回答，而是反问道："据我所知，博因顿夫人生前服用一种含毛地黄的药物，是吗？"

"是的。"

他发现，她听到这里明显警觉起来。

"是治疗心脏病的吗？"

"是的。"

"在某种程度上来说，毛地黄是一种渐加型药物？"

"我想是的。但我对此并不是很了解。"

"如果博因顿老夫人摄入了大量的毛地黄——"

她断然地打断了他的话。

"她没有。她通常十分小心。所以我给她分配称重的时候也很小心。"

"也许某一瓶里的毛地黄过量了，有没有可能是药剂师给弄错了？"

"我觉得基本没有这种可能性。"她静静地回答道。

"啊，好吧，化验分析就可以告诉我们这些。"

娜丁说："很不幸，瓶子摔碎了。"

波洛忽然饶有兴致地看着她。

"谁干的?"

"我不清楚,也许是某个仆人。把我婆婆的尸体抬进洞穴的时候乱成了一团,光线也很昏暗。有张桌子被撞翻了。"

波洛定定地看了她一会儿。

"这样啊,真有意思。"

娜丁·博因顿疲惫地调整了一下坐姿。

"我想,你是在暗示,我婆婆不是因为受到打击才去世的,而是服用了过量的毛地黄,对吧?照我看,这不可能。"

波洛探身向前。

"杰拉德医生——营地里的那个法国医生——发现自己的药箱里少了大量的毛地黄毒苷。就算我告诉你这件事,你还是坚持自己的看法吗?"

她的脸色顿时苍白起来,放在桌子上的双手紧紧地握在一起。她垂下眼帘,一动不动地坐在那儿,就像一尊圣母马利亚石雕。

"夫人,"波洛开了口,"关于这一点,你有什么想说的吗?"

时间一秒一秒地过去了,但是她依然沉默不语。两三分钟后,她抬起头。看到她的眼神,波洛不由得微微一惊。

"波洛先生,我没有杀我婆婆!我离开她的时候,她还活得好好的。有很多人都可以作证!因为我是清白的,所以才有勇气向你提出这一恳求。你为什么要干涉这件事呢?如果我用我的名誉向你发誓,不管是谁做了这件事,这个人完全是伸张了正义,你还不肯放弃调查吗?我们遭受了太多痛苦……你不明白。现在好不容易有了安宁和幸福的萌芽,你一定要毁了这一切吗?"

波洛挺直了腰,眼睛里闪着绿光。"我需要弄明白一件事。

你究竟想让我做什么，夫人？"

"我想和你说的是，我婆婆是自然死亡，请你接受这个说法。"

"让我们说得明确些。你相信你婆婆是被人蓄意谋杀的，而你在要求我纵容凶手！"

"求求你。"

"我懂了——你要我同情那个没有同情心的人。"

"你不明白，事情不是这样的。"

"你这么了解这件事，夫人，是你做的吗？"

娜丁摇了摇头，脸上没有一丝愧疚的表情。"不是，"她静静地说，"我走的时候，她仍然活着。"

"后来呢？发生了什么？你知道什么——或者，你怀疑什么？"

娜丁激动地说道：

"我听说，波洛先生，那一次，在东方快车谋杀案中，你接受了陪审团的判决，是吗？"

波洛好奇地看着她："是谁告诉你的？"

"是真的吗？"

他缓缓地说："那个案子……和这次不同。"

"不，不，没什么不一样！被杀的同样是一个满身罪恶的人，"她的声音低了下去，"她也是……"

波洛说："这跟被害人的品德一点关系也没有。用个人的准则去作判断，夺去别人的生命，这样的人在社会中是危险的。我，赫尔克里·波洛，绝不允许！"

"你太固执了！"

"在某些方面我的确很固执，夫人。我不会饶过凶手的！这是赫尔克里·波洛最后的回答。"

她站起来，黑色的眼睛里突然燃起了火焰。

"随你的便！把无辜的人推进水深火热之中吧。我无话可说了。"

"但是，夫人，我，我认为你还有很多要说的……"

"没有了。"

"不，你有的。你离开你婆婆之后，发生了什么事？你跟你丈夫一起在大帐篷的时候？"

她耸耸肩。"我怎么知道？"

"你的确知道，或者你怀疑什么。"

她直直地盯着他的眼睛。"我什么都不知道，波洛先生。"

然后，她离开了房间。

第八章

在便签纸上写下"N.B.，四点四十分"之后，波洛打开门，把卡伯里上校留给他的勤务兵叫了进来。这是个聪明的人，英语说得很流利。波洛让他去请卡罗尔·博因顿小姐过来。

女孩走进房间后，他很有兴趣地打量着她。只见她一头栗色头发，长颈上优雅的头颅微微倾斜，线条优美的双手神经质地抖动着。

他说："请坐，小姐。"

她顺从地坐了下来，面无血色且毫无表情。波洛先是机械地表达了自己的同情，而女孩脸上的表情没有任何变化，只是听着。

"可否请你说一说，小姐，事情发生的那天下午，你都做了些什么？"

她立刻做了回答，快得几乎让人怀疑是事先排练好的。

"吃完午饭，大家都出去散步了。我回到营地——"

波洛打断了她。"等一等，你回营地之前，你们所有人都在一起吗？"

"不是。大部分时间，我和我哥哥雷蒙德以及金小姐在一起。后来就是我自己溜达了。"

"谢谢。刚才你说你回到营地，你记得大概是几点钟吗？"

"我想是五点十分。"

波洛写下了"C.B.，五点十分"。

"后来呢？"

"我母亲还坐在那儿没动。我过去跟她说了两句话，然后就回自己的帐篷了。"

"你还记得你们都说了些什么吗？"

"我说天气很热，想去休息一下。我母亲说她就坐在那儿。就这些。"

"她的神态跟平常有什么不一样吗？"

"没有。至少是——"

她迟疑地打住了，瞪着波洛。

"从我的脸上你得不到答案吧？小姐。"波洛静静地说。

"我正在回忆呢。当时，我几乎没怎么注意，但是现在想起来……"

"怎么了？"

卡罗尔慢吞吞地说道："没错，她的脸色很古怪——脸非常红，比平时红多了。"

"也许她受了什么刺激？"波洛提示道。

"刺激？"她瞪着他。

"没错。比如，跟某个阿拉伯仆人吵过架。"

"哦，"她面露喜色，"没错，有可能。"

"她没有提起这件事吗？"

"没有，完全没有。"

波洛继续问道："后来你做了什么，小姐？"

"我回自己的帐篷躺了半小时左右，然后去了大帐篷。我哥哥和嫂子在那儿看书。"

"你干了些什么呢?"

"哦,我缝了点东西,之后看杂志。"

"在去大帐篷的路上,你跟你母亲说过话吗?"

"没有。我直接去了,都没往她那边看。"

"然后呢?"

"我一直在大帐篷里,直到——金小姐通知我们她死了。"

"这就是你知道的全部,小姐?"

"是的。"

波洛的身子往前探了探,仍是先前的语气,轻松得就像是在闲聊。

"你有什么感觉,小姐?"

"我有什么感觉?"

"是的。当你知道你母亲——抱歉,是你的继母,对吧——当你知道她死了,你有什么感觉?"

她瞪着他。

"我不知道你在说什么。"

"我想你知道。"

她垂下眼帘,不确定地说:

"这——是个很大的冲击。"

"真的吗?"

她的脸一下子红了。她无助地凝望着他。他看到了她眼中的恐惧。

"真的让你受到了这么大的冲击吗,小姐?你记不记得你跟你哥哥在耶路撒冷的一个晚上有过一次谈话?"

这句话正中要害,他看到她的脸上又失去了血色。

"你知道这件事?"她轻声说道。

"是的，我知道。"

"你怎么知道的——怎么可能？"

"我无意中听见了你们谈话的某些内容。"

"哦。"卡罗尔·博因顿的脸埋在双手中间，啜泣起来，震得桌子直抖。

赫尔克里·波洛等了一会儿，然后平静地说：

"你们正计划一起置你们的继母于死地。"

卡罗尔断断续续地抽泣着。"那晚，我们疯了——疯了！"

"也许吧。"

"你不可能理解我们处在什么情况之下，"她直起身，把垂落在脸上的头发拂到脑后，"这听上去很荒唐，在美国的时候，情况还没那么糟——但是这次的旅行却让我们感受更深了。"

"什么感受更深了？"现在，他的语气既和善又充满同情。

"我们这些人跟别人不同。我们——我们已经绝望了。而且，还有金妮。"

"金妮？"

"我妹妹。你还没见过她。她越来越——呃，古怪了。母亲搞得她的病情更严重了。她自己好像没意识到。我们，雷和我，都很担心她会发疯。而且我们知道娜丁也是这么想的。这让我们更加担心了，因为娜丁懂得疾病、护理这一类的事。"

"哦。那后来怎么了？"

"在耶路撒冷那晚，我们的情绪爆发了！雷实在忍不住了，我们俩都很激动。我们觉得那样去计划，的确——的确是正确的。母亲——母亲她不正常。我不知道你怎么想，但杀人，有时候是非常正确——甚至是高尚的！"

波洛缓缓地点了点头。"是的，我知道好多人都这样想，这已经被历史证明了。"

"这就是我和雷的感觉——那天晚上……"她一手搭在桌子上,"但我们并没有真的采取行动。当然没做!第二天早上,我们觉得整件事都显得那么荒谬、可笑——哦,还有邪恶!是真的,真的,波洛先生,母亲就是死于心脏病,雷和我跟她的死没有关系。"

波洛平静地说:"你可否对我发誓——以你希望死后得到拯救的灵魂——博因顿夫人并不是死于你们之手?"

她抬起头,声音变得坚定而低沉:

"我用我希望得到拯救的灵魂发誓:我从未伤害过她……"

波洛往后一靠。

"好了,"他说,"这样就行了。"

两人陷入了沉默。之后,波洛沉思着拧着自己那修剪整齐的胡子,问道:"你们的计划究竟是什么?"

"计划?"

"是啊,你和你哥哥肯定制订过计划。"

他暗自计算着时间,看她多久才回答这个问题。一秒,两秒,三秒。

"我们没计划。"终于,卡罗尔说,"我们没想那么多。"

赫尔克里·波洛站起身。

"好了,小姐,可否请你哥哥来我这儿一下?"

卡罗尔站起来,迟疑着。

"波洛先生,你——你相信我的话吧?"

"我说过不相信吗?"波洛问。

"没说过,可是……"她没再往下说。

他说:"你能让你哥哥来这儿一趟吗?"

"好的。"

她缓缓地向门口走去,快到时停了下来,又激动地转过身。

"我跟你说过真相了——我说过了!"

赫尔克里·波洛没说话。

卡罗尔·博因顿缓步走出了房间。

第九章

雷蒙德·博因顿走进房间的时候，波洛注意到了兄妹之间的相似之处。

他的表情严肃，似乎有所准备。他一屁股坐在椅子里，严肃地盯着波洛，说："怎么了？"

波洛温和地说："你妹妹告诉你了？"

雷蒙德点点头。"是的，她让我过来时跟我说了。我当然知道你的怀疑是有道理的。如果那晚听到我们的谈话，再加上后来继母突然去世，整件事是很可疑。我只能向你保证，那次谈话是——夜晚的疯狂！那时候，我们处于一种不堪忍受的重压之下，杀死我继母这种异想天开的计划是——哦，该怎么说——想个办法发泄郁积的情绪！"

赫尔克里·波洛慢慢低下头，说：

"这个，"他说，"有可能。"

"早上的时候，当然了，这一切都显得——非常荒谬。我对你发誓，波洛先生，此后我再也没这么想过。"

波洛没说话。

雷蒙德飞快地说：

"哦，没错，我知道这话说起来容易。我不敢指望你能相信我的片面之词，但是，请你想一想实际情况吧。快六点的时候，我跟我母亲说过话,那时候她还好好地活着。我回到自己的帐篷里梳洗一番之后,便去了大帐篷找其他人了。从那个时候开始,我和卡罗尔都没离开过。所有人都能清清楚楚地看到我们。你要明白,波洛先生,我母亲是自然死亡——死于心脏病——没有其他原因!周围都是仆人,来来回回地走动着。如果你认为还有别的原因,真是荒唐之至。"

波洛平静地说道:"你知道吗,博因顿先生,金小姐六点半的时候检查了尸体,她认为死亡时间至少在一个半小时以前,而且很有可能是两个小时。"

雷蒙德看着他,目瞪口呆。

"是莎拉说的吗?"他喘着粗气说。

波洛点了点头。"现在,你有什么想说的吗?"

"但是——这不可能!"

"这是金小姐的证词。而现在,你却跟我说,在金小姐检查尸体前四十分钟,你母亲还活得好好的。"

雷蒙德说:"事实就是这样。"

"小心你的言辞,雷蒙德先生。"

"莎拉肯定弄错了!肯定有些因素她没有考虑在内。比如岩石反射热什么的。我可以向你保证,波洛先生,快到六点的时候,我母亲还活着,我还跟她说过话。"

波洛的脸上没有任何表情。

雷蒙德热切地向前靠了靠。

"我知道你是怎么想的,波洛先生,但是请你公平地看待这件事。你也许先入为主了,但你应该看到事物的本质。你生活在犯罪的氛围之中,每一起突然死亡在你看来都有可能是犯罪。你不应该依赖自己的感觉,你没意识到这个吗?每天都会死人——

尤其是心脏病患者——这种死亡其实很自然。"

波洛叹了口气。"你是在指导我该怎样工作吗？"

"不，当然不是了。但是，我觉得你确实有偏见——因为那次倒霉的对话。其实，除了我和卡罗尔之间那次倒霉的、歇斯底里的对话，我母亲的死，再没什么值得怀疑的了。"

波洛摇了摇头。"你错了，"他说，"还有别的事。杰拉德医生药箱里的一些毒药被人拿走了。"

"毒药？"雷蒙德盯着他，"毒药？"他把椅子往后推了推，看上去惊呆了，"你就是因为这个才有所怀疑的？"

波洛等了一两分钟，然后平静地、几乎是冷淡地说道："你们的计划不一样，是吧？"

"哦，是的。"雷蒙德机械地回答道，"这就是为什么——这让一切都变了……我——我搞不懂了。"

"你们的计划是什么？"

"我们的计划？是——"

雷蒙德忽然打住了，眼睛里闪现出警惕、戒备的神色。

"我想，"他说，"我没什么要说的了。"

"悉听尊便。"波洛说。

他看着这个年轻人走出房间。

他拉过便笺纸，用整齐的小字写下了最后一项："R.B.，五点五十分。"

然后，他拿出一张大纸写了起来。写完之后，他歪着脑袋靠在椅背上，看着自己的工作成果，陷入了沉思。纸上写着：

博因顿家和杰弗逊·柯普离开营地　三点零五分（约）
杰拉德医生和莎拉·金离开营地　三点十五分（约）

爵士夫人和皮尔斯小姐离开营地　四点十五分

杰拉德医生回到营地　四点二十分（约）

雷诺克斯·博因顿回到营地　四点三十五分

娜丁·博因顿回到营地，跟博因顿夫人说话　四点四十分

娜丁·博因顿离开婆婆去大帐篷　四点五十分（约）

卡罗尔·博因顿回到营地　五点十分

爵士夫人、皮尔斯小姐和杰弗逊·柯普回到营地　五点四十分

雷蒙德·博因顿回到营地　五点五十分

莎拉·金回到营地　六点

发现尸体　六点三十分

第十章

"奇怪,"赫尔克里·波洛说。他把纸折好,走到门口让人把马哈茂德叫过来。身材粗壮的向导十分健谈,话语从他嘴边如同潮水般奔涌而出。

"总是这样,总是这样,都是我的错。每当有事发生,就会怪到我身上。艾伦·亨特勋爵夫人从佩特拉的祭坛上摔下来,扭了脚,也是我的错。她穿着高跟鞋,六十多岁了——可能是七十岁。我的人生太悲惨了,犹太人带给我们的苦难和罪孽……"

最后,波洛好不容易堵住洪水,塞进一个问题。

"你是说五点三十分?不,我想那时候周围没有仆人。午饭吃得晚,两点钟吃的。之后他们要收拾餐具。吃完午饭,仆人们都在睡午觉。没错,美国人不喝茶。三点半的时候,我们都休息了。五点钟,我知道英国女士要喝茶,就出来了。我就是高效的化身——向来如此——总能把女士、先生们伺候得舒舒服服。可是,那时候一个人也没有,大家都出去散步了。对我来说这样挺好,比平时好。我又回去睡觉了。差一刻六点的时候,麻烦来了——那个大个头的英国女士——身材庞大的那位——回来了,并且要喝茶。仆人们都在准备晚饭了,可她非要喝茶。她唠唠叨叨地说了一堆话,水一定要烧开啊,我得亲自看着啊什么的。唉,天哪,什么日子!这都是什么日子啊!我竭尽所能——却总挨骂——我……"

波洛问起了博因顿老夫人责骂仆人的事。

"还有件小事。去世的老太太曾经对一个仆人发过脾气。你知道是哪个仆人,为什么发脾气吗?"

马哈茂德举起了双手。

"我应该知道吗?当然不应该了。那老太太没跟我抱怨过。"

"你能查出来吗?"

"不能。天哪,这不可能。没有仆人会承认的。你说,老太太生气了?那么,仆人们肯定不会说的。阿布德尔说是穆罕默德,穆罕默德说是阿齐兹,阿齐兹说是艾萨,没完没了。他们全都是愚蠢的贝都因人,什么都不懂。"

他吸了一口气,继续说:"但我,我可不同。我受过教育。我能给你背诵济慈、雪莱的诗歌……"

吧啦吧啦吧……

波洛畏缩起来。虽然英语不是他的母语,但他说得很好,马哈茂德那奇怪的发音实在让他受不了。

"好极了!"他慌忙打断了他,"太棒了!我要把你推荐给我所有的朋友。"

他想方设法从口若悬河的向导身旁逃了出来,拿着那张纸去找卡伯里上校。后者正在自己的办公室里。

卡伯里拉了拉有点歪的领带,问道:

"查到什么了吗?"

波洛说:"要听听我的理论吗?"

"请吧。"卡伯里上校叹了口气。他这一生中,已经听过很多理论了。

"我的理论是,犯罪学是这世界上最简单的科学。只要让罪犯开口说话——早晚他会告诉你一切。"

"我记得你以前说过这样的话。这次是谁说实话了？"

"每一个人。"波洛简单讲述了早上他和众人谈话的情形。

"嗯，"卡伯里说，"你确实掌握了一两个关键之处，可惜它们都指向不同的方向。我们找到真相了吗？这是我最关心的。"

"没有。"

卡伯里叹了口气。"到底还是没有。"

"不过在天黑以前，"波洛说，"你就会得到真相！"

"嗯，你早就向我保证过，"卡伯里上校说，"但我很怀疑你能做到！你有把握吗？"

"我很肯定。"

"自信的感觉一定很好。"

卡伯里上校眼中闪过一丝光亮，波洛假装没看到，他拿出那张纸。

"字迹很整齐。"卡伯里上校赞赏地说。

他弯下腰看了起来。

过了一会儿，他说："你知道我怎么想吗？"

"如果你可以告诉我，我会很高兴。"

"雷蒙德·博因顿被排除了。"

"啊！你这么想！"

"是的。他怎么想的，一目了然。我们原本可以一早就把他排除，因为，他就像侦探小说里那个嫌疑最大的人。既然你确实听到他说要杀死那个老太太，我们就应该知道，这意味着他是无辜的！"

"你看侦探小说？"

"看了很多。"卡伯里上校说，随后又说了起来，语气就像一个急于表现的小男生,"我猜你不会做侦探小说里写的那些事吧?列一张重大事件的单子——看上去无关紧要,但实际却至关重要。"

"哦,"波洛温和地说,"你喜欢那类侦探小说啊?当然了,我很乐意为你这么做。"

他拿过一张纸,飞快而整齐地写道:

要点

1. 博因顿老夫人服用了含毛地黄的混合药物

2. 杰拉德医生丢了一个皮下注射器

3. 博因顿夫人阻止家人跟外人交往,以此为乐

4. 事情发生的当天下午,博因顿夫人鼓励家人离开,只剩自己一个人

5. 博因顿老夫人是个心理虐待狂

6. 大帐篷距离博因顿老夫人所坐的地方(约)二百码

7. 雷诺克斯·博因顿先生一开始说自己不知道回营地是在几点,但后来承认替他母亲对过表

8. 杰拉德医生的帐篷跟吉内芙拉的挨着

9. 六点半,晚饭准备好了的时候,一个仆人去通知博因顿老夫人吃饭

上校无比满意地细细读着这张单子。

"太好了!"他说,"这正是我们需要的!你把事情搞复杂了——而且看上去没什么关联——肯定就是这么回事。顺便说一下,好像漏了两个明显的地方。不过,我猜你是在故意试探吧?"

波洛眨了眨眼，没说话。

"比如，第二点，"卡伯里上校尝试地说，"杰拉德医生丢了一个皮下注射器——没错，但他还丢了毛地黄。"

"这个不如丢了注射器重要。"

"好极了！"卡伯里上校，脸上乐开了花，"我完全搞不懂。要是我，会觉得毛地黄比注射器重要！还有那个一直被说起的重要仆人呢？一个仆人被派去通知她晚饭已经准备好了——下午稍早的时候，她还对一个仆人挥动手杖。你该不会要跟我说，是某个可怜的傻瓜仆人杀了她吧？因为，"卡伯里上校严肃地说，"这肯定是骗人的。"

波洛微微一笑，没说话。

离开办公室的时候，他咕哝着说："太不可思议了！英国人永远都长不大！"

第十一章

莎拉·金坐在山顶上，心不在焉地揪着身旁的野花。杰拉德医生则坐在她旁边的一块粗糙的石头上。

突然，她激烈地说："你为什么要搞出这一切来？要不是你——"

杰拉德医生缓缓地说："你认为我应该保持沉默？"

"是的。"

"知道了那些事之后？"

"你不明白。"莎拉说。

法国人叹了口气。"我的确明白。不过，我承认谁都不会有绝对的把握。"

"可能会有。"莎拉坚决地说。

法国人耸了耸肩。"也许你可以。"

莎拉说："那天晚上你在发烧——高烧——头脑不清楚。也许注射器一直就放在那儿，毛地黄毒苷的事也许是你想错了，可能是仆人动了药箱。"

杰拉德冷嘲热讽道："你不需要担心！这些证据都是不确定的。你会看到你的朋友——博因顿一家，逃脱罪行的！"

莎拉生气地说："这不是我想要的。"

他摇了摇头。"你不讲道理！"

"你不是——"莎拉责问道,"在耶路撒冷的时候,你不是宣扬不打扰别人的生活吗?可看看现在的你!"

"我没有打扰,我只是说出自己知道的事!"

"所以我说你并不知道。哦,天哪,我们又绕回来了!我总是在兜圈子!"

杰拉德医生轻声地说:"对不起,金小姐。"

莎拉用一种低沉的声音说道:"你瞧,他们所有人,都没能逃脱——一个都没有!就算在坟墓里,她也能伸出手抓住他们。在她身上有些可怕的东西。现在,她死了,却还是那么可怖。我觉得——我觉得她正在享受这一切!"

她攥起了拳头。忽然,她语气变了,变成了平时轻快的语调:"那个小个子上山了。"

杰拉德医生扭过头。

"啊!我想他是来找我们的。"

"他真的跟他的外表一样蠢吗?"莎拉问。

杰拉德医生一本正经地说:"他根本不蠢。"

"我以前担心过这一点。"莎拉·金说。

她忧郁地注视着爬上山的赫尔克里·波洛。

他终于来到他们身旁,长吁一口气,擦擦额头的汗水。然后,他低下头,悲伤地看着自己的漆皮鞋。

"天哪!"他说,"这个石头做的国家!我可怜的鞋。"

"你可以借爵士夫人的擦鞋工具。"莎拉幸灾乐祸地说,"还有她的抹布。她旅行的时候带了一套女仆专用的设备。"

"那样也擦不掉这些划痕,小姐。"波洛悲伤地摇着头。

"也许吧。不过在这样的地方,你为什么要穿这种鞋子?"

波洛微微歪了歪脑袋,说:

"我喜欢整洁的衣着。"

"在沙漠中,我会放弃这种努力的。"莎拉说。

"女人在沙漠中的表现都不是最好的,"杰拉德医生梦呓般地说道,"金小姐,没错——看着很整洁并且穿戴得体。但是爵士夫人总是穿着她那又大又厚的外套和裙子,还有那些不合身的马裤马靴——太可怕了!① 至于可怜的皮尔斯小姐,她的衣服松松垮垮的,像是枯萎的卷心菜叶,还有那些叮当作响的珠链!甚至年轻的博因顿夫人也是这样,虽然很漂亮,可一点都没有你们说的'时髦'!她的衣着枯燥无趣。"

莎拉烦躁地说:"哎呀,我想波洛先生爬到这山上来,不是要跟咱们讨论穿衣打扮的!"

"没错,"波洛说,"我来是咨询杰拉德医生的意见的——他的看法对我很有帮助。当然了,你的看法也一样,小姐——你年轻,学的也是最新的心理学。我希望你们能告诉我关于博因顿老夫人的一切。"

"你现在不是什么都知道了吗?"莎拉问。

"不是,我有种感觉——不仅是一种感觉——我相信,在这件事情上,博因顿老夫人的心理状态是关键。不用说,杰拉德医生很了解她这种情况。"

"从我的角度来看,她的确是一个很有意思的研究对象。"医生说。

"说说看。"

杰拉德医生非常乐意这么做。他描述了自己对这一家人的兴趣,他和杰弗逊·柯普的谈话,以及后者对整个情况的错误看法。

---

①原文为法语。

"所以,他是个多愁善感的人。"波洛说。

"哦,本质上是的。他的理念,其实是建立在根深蒂固的偷懒本能上的,把人性看成是美的,把世界看成一个乐园,不用说,这是简单的生活经历造成的!因此,杰弗逊·柯普根本不知道人性到底是怎样的。"

"有时候这会很危险。"波洛说。

杰拉德医生继续说道:"他坚持认为我对'博因顿处境'的理解是错误的,而对他们一家人潜在的憎恨、反抗、奴役和痛苦,他完全不了解。"

"蠢到家了。"波洛批评道。

"虽然是这么说,"杰拉德医生接着说,"即使最迟钝的感性乐观主义者也不可能看不到这些。我想,佩特拉的这场旅行让杰弗逊·柯普先生大开眼界。"

他讲述了博因顿老夫人去世的那天早上,他跟美国人之间的对话。

"那个女仆的故事很有意思,"波洛若有所思地说,"它说明了老太太的行事风格。"

杰拉德医生说:"总之,那是一个古怪的、不可思议的早上!波洛先生,你还没去过佩特拉遗址吧?如果你去,一定要到'牺牲之地'去。那里有——怎么说——有一种气氛!"他详细地讲述了那里的景色,又补充道,"这位小姐坐在那儿就像一位年轻的法官,说到了牺牲一个人来拯救许多人的事。你还记得吗,金小姐?"

莎拉一哆嗦。"不要说了!别再说那一天了。"

"不,不说了,"波洛说,"让我们说说更早之前的事情吧。你从整体上讲述了博因顿夫人的精神状态,杰拉德医生,关于这一点，我很有兴趣。我不太明白这件事：既然全家人已经完全屈服于她，那她为什么还要安排这次国外之旅？在这个过程中，肯定要和陌生人有所接触，那她的权威就会有被削弱的危险啊。"

杰拉德医生激动地向前探过身子。

"但是，老兄①，就是这么回事。全世界的老太太都是一样的。她们会厌倦。如果她们的专长是玩纸牌游戏，那么她们就会厌倦自己所熟知的玩法，从而想学一学新花样。而以支配、折磨别人为乐的老太太也是如此。博因顿老夫人——就当她是一个驯兽师好了——她已经把老虎驯服了。他们在青春期的时候，可能还会有一些惊险。雷诺克斯和娜丁结婚是一种冒险，但没多久，一切都恢复如初。雷诺克斯陷入忧郁之中，实际上他也不可能感到痛苦或伤害了。雷蒙德和卡罗尔完全不想反抗。吉内芙拉——唉，可怜的吉内芙拉——在她母亲眼中，是最差劲的一个了。因为吉内芙拉自己找到了解脱的方法。她从现实逃向了幻想中，母亲越是对她严苛，她就越容易认为自己是受迫害的女主角，并从中获得一种秘密的兴奋感。博因顿老夫人认为，这一切都无聊透顶。于是，她想像亚历山大那样，寻找可以征服的新世界。由此，她计划去国外旅行。会存在被驯服的野兽反扑的危险，但也有让别人产生新的痛苦的机会。听上去好像很荒谬，但事实如此！她需要新的刺激。"

波洛深深地吸了口气。"很完美。没错，我完全明白你的意思了。事实也正是如此。现在，一切都能说得通了。博因顿家的母亲选择了危险的生活——并为此付出了代价！"

莎拉探身向前，聪明而苍白的脸上表情严肃。"你的意思

---

① 原文为法语。

是,她过分虐待她的受害者,所以——所以他们——或者其中一个——把矛头转向她,杀了她?"

波洛点点头。

莎拉喘着粗气说:

"是谁?"

波洛看着她,看到她那紧紧攥住野花的双手,还有苍白而僵硬的面颊。

他没有回答——因为这时杰拉德拍了拍他的肩膀,说:"你看。"

一个女孩正沿着山坡漫步而来。她行走的节奏很奇怪,但富有韵律,像是一个精灵。金红色的头发被阳光照得闪闪发光,一抹奇特而隐秘的微笑在她美丽的嘴角绽放。波洛屏住了呼吸。

他说:"太美了……奇特而动人的美……奥菲莉娅[①]就应该这么演——一个年轻的女神,从另一个世界飘然而来,摆脱了人类的悲哀,充满了幸福和欢乐。"

"对,对,你说得对,"杰拉德医生赞同地说,"这是一张在梦中才会见到的脸,不是吗?我就梦见过。我发高烧的时候,睁开眼睛就看见了那张脸——甜美的、充满神秘色彩的微笑……那是一个很美的梦,真后悔我醒过来了……"

之后,他恢复了平时的语气。"她就是吉内芙拉·博因顿。"

---

① 奥菲莉娅(Ophelia),莎士比亚剧作《哈姆雷特》中女主人公。

第十二章

片刻之间,女孩就到了他们面前。

杰拉德医生介绍说:

"博因顿小姐,这是赫尔克里·波洛先生。"

"哦。"她呆呆地看着他,双手手指不自在地一会儿交叉一会儿又放开。中了魔法的仙女从魔幻的国度回到了现实之中,这会儿,她只是一个普通而笨拙的女孩,有些神经质,而且局促不安。

波洛说:"在这儿遇到你真是太幸运了,小姐,我还想在酒店见见你呢。"

"是吗?"

她的笑容空洞无物,手指开始拽起了衣服的腰带。

他柔声说道:

"你能不能陪我散散步?"

她顺从地答应了这个要求。

不一会儿,她很意外地说话了,声音古怪而急促。

"你是——是个侦探,对吗?"

"是的,小姐。"

"很有名气的侦探吗?"

"世界上最有名气的侦探。"在波洛看来,这是个简单的事实，如此而已。

吉内芙拉·博因顿轻轻地喘着气。

"你来这儿是为了保护我吗？"

波洛沉思着捋了捋胡子，说：

"这么说，小姐，你遇到危险了？"

"没错，没错，"她飞快地看了看四周，"在耶路撒冷的时候，我跟杰拉德医生说过。他很聪明，当时没说什么。但是，他跟着我——跟到那个满是红色岩石的恐怖的地方，"她一哆嗦，"他们想在那儿杀了我。我必须一直保持警惕。"

波洛温和而宽容地点了点头。

吉内芙拉·博因顿说："他善良——很好。他爱上我了！"

"真的？"

"哦，是的……他在睡梦中叫着我的名字……"她的声音柔和起来——还是那种颤抖的、脱俗的甜美，"我看到他了，翻来覆去，呼唤着我的名字……我静悄悄地走了。"她顿了顿，"我猜，也许是他请你过来的。要知道，我周围有很多敌人，很可怕，有时候还会乔装打扮。"

"嗯，没错，"波洛温和地说，"但是，这儿很安全，周围都是你的家人。"

她骄傲地挺直了腰板。

"他们不是我的家人！我跟他们完全没关系！我不能告诉你我的真实身份——这是个大秘密，你知道了肯定会大吃一惊的。"

他柔声说道："你母亲的死，对你打击很大吧，小姐？"

吉内芙拉跺着脚。

"我跟你说——她不是我母亲！我的敌人雇她来假装成我母亲，监视我，免得我逃跑！"

"她去世的那天下午,你在哪儿?"

"我在帐篷里……里面很热,但是,我不敢出去……也许他们会抓住我……"她身子一震,"他们其中一个人——往我的帐篷里看。虽然他化了装,但我能认出来。我假装睡着了。是酋长派他来的。当然了,酋长就是想绑架我。"

波洛默默地走了一会儿,又说:"你给自己编的这些故事,很动听吧?"

她停下脚步,瞪着他。"是真的——真的——"说完又跺起了脚。

"没错,"波洛说,"确实很高明。"

她大叫:"这是真的——真的——"

然后她气愤地转身向着山下跑去。波洛站在那儿,望着她的背影。过了一会儿,身后传来一个声音,问道:

"你跟她说了什么?"

波洛转过身,看到杰拉德医生气喘吁吁地站在旁边。莎拉朝他们走了过来,但是脚步更悠闲从容。

波洛回答了杰拉德的问题。

"我告诉她,"他说,"那些动人的故事都是她自己编造的。"

医生沉思着点了点头。

"于是她生气了?这是个好迹象。这说明她并不是无可救药。她仍然知道那些不是真的,我会治好她的。"

"啊,你要治疗她吗?"

"是的,我已经跟博因顿少夫人和她丈夫讨论过这件事了。吉内芙拉会去巴黎,我在那儿有个诊所。然后,她会接受戏剧训练。"

"戏剧?"

"没错——她很有可能获得成功。这正是她需要的——她一定需要！在很多方面，她和她母亲在性格上是相同的。"

"不可能！"莎拉抗议道。

"也许你觉得不可能，但是她们的某些性格特征是相同的。她们天生就有一种对重要地位的渴望。她们都要求别人重视她们的存在。这个可怜的孩子过去一直遭到阻挠和压制，她那强烈的野心、对生活的热爱，全都找不到施展的渠道。"他轻轻地笑了笑，"我们要改变所有这些！"

然后他微微点了点头，嘟囔了一声"对不起"，就急匆匆地下山追那个女孩去了。

莎拉说："杰拉德医生真热爱自己的工作。"

"我感觉到了。"波洛说。

莎拉皱着眉头。"尽管这样，我仍然受不了他把她跟那个恐怖的老太太做比较——虽然，有一次我自己也曾经为博因顿老夫人感到伤心。"

"什么时候，小姐？"

"我跟你说过，就是耶路撒冷那次。当然，我忽然觉得自己好像把整件事情都搞错了。你知道，忽然会有一段时间，你对所有事情的看法都会反过来，就会产生这种感觉。这事让我一下子激动起来，所以才让自己当众出丑了。"

"哦，不——不是那样的。"

莎拉每次想到自己跟博因顿老夫人的那次谈话，脸就会红得要命，这次也是。

"当时我觉得自己很高尚，就像肩负着什么神圣使命似的。后来，爵士夫人怀疑地看着我，说看到了我跟博因顿老夫人谈话的情形，我猜她有可能在一旁听到了谈话内容。我觉得自己愚蠢透顶。"

波洛问："博因顿老夫人到底跟你说了什么？你还记得确切的话吗？"

"我想我记得。那些话给我留下了非常深刻的印象。'我从不忘记。'她说，'记住这一点。我从来不会忘记任何事，任何一个举动，一个名字，一张脸……'"莎拉哆嗦着，"她充满了恶意，看都不看我。我觉得——我觉得就算是现在，还能听见她的声音……"

波洛温和地说："印象很深吧？"

"是的。我不会轻易受到惊吓——但有时候，我会梦到她说的这些话，还有那张邪恶、不怀好意、耀武扬威的脸。啊！"她猛地一哆嗦，忽然转向波洛。

"也许我不应该问，波洛先生，这件事你有结论了吗？是不是发现了什么确定的事？"

"是的。"

她再问的时候，双唇抖动着："是什么？"

"我知道，在耶路撒冷那天晚上，雷蒙德·博因顿在跟谁说话了——跟他妹妹卡罗尔。"

"卡罗尔——哦，是她！"

然后，她接着说："你有没有告诉他……你有没有问过他……"

没用了，她说不下去了。波洛严肃而同情地看着她，静静地说道：

"这对你——很重要吗，小姐？"

"非常重要！"莎拉说着，挺起胸膛，"我一定要知道。"

波洛平静地说："他告诉我那是一次歇斯底里的发泄——仅

此而已！他和他妹妹都很激动。他告诉我，到了白天，那样的想法让他们两个人都觉得很荒唐。"

"懂了……"

波洛轻轻地说："金小姐，你不告诉我你为什么觉得恐惧吗？"

莎拉那张苍白而绝望的脸转向了他。

"那天下午——我们在一起。后来，他回去时告诉我——说他现在想去做一件事——趁他还有勇气。我以为他只是——只是去告诉她。但是，如果他打算……"

她的声音渐渐小了下去。她僵硬地站在那儿，极力控制着自己。

第十三章

1

娜丁·博因顿走出旅馆，目光茫然。等待她的人向她跑了过来。

杰弗逊·柯普飞快地走到她身边。

"我们走这边吧，我觉得这边最舒服。"

她默许了。

他们一边走，柯普先生一边说话。他说起来滔滔不绝，但是有些单调，不知道他有没有察觉到娜丁并没有在听。他们拐了个弯，走上了石头、鲜花遍地的山坡，她打断了他。

"对不起，杰弗逊，我要和你谈一谈。"

她脸色苍白。

"当然了，亲爱的，什么都可以说，别压抑你自己就行。"

她说："你比我想得聪明。你知道我要说什么，是吗？"

"毋庸置疑，"柯普先生说，"此一时彼一时。我深深地感觉到，在现在这种情况下，也许你要重新考虑这些决定。"他叹了口气，"但你必须往前走，娜丁，做自己想做的。"

她深情地说："你真好，杰弗逊，真有耐心！我觉得我对你很坏，很卑鄙地利用了你。"

"现在，听我说，娜丁，让我们说开这件事吧。我知道我们的关系会有个极限。自从我认识了你，就一直深深地爱着你、尊敬你，我只想要你幸福。这也是我一直以来想要的。看到你不幸福，我都快要疯了。我得说，我是怪过雷诺克斯，我认为如果他不在乎你的幸福，就不配拥有你。"

柯普先生深吸了一口气，继续说道：

"现在，我得承认，跟你们一起去了佩特拉之后，我觉得也许雷诺克斯不像我想得那样要负全部责任。他在跟你有关的事情上自私，但其实他是在跟他母亲有关的事情上太无私。我不想说死者的坏话，但我确实认为你婆婆太难缠了。"

"是的，我认为你可以这么说。"娜丁低声说道。

"无论如何，"柯普先生继续说道，"昨天你来跟我说，你下了决心离开雷诺克斯。我为你的决定而喝彩。你以前的生活方式是不对的。你对我很诚实。你只是有点喜欢我，并没有装作有多深的感情。没错，对我而言，这已经足够。我所要求的只是能有机会照顾你、对你好。可以说，那个下午是我生命中最幸福的一个下午。"

娜丁哭了出来。"对不起……对不起。"

"不用道歉，亲爱的，因为我当时就有种感觉，那不是真的。我有种强烈的预感，第二天早上一醒来你就会改变主意。而且，现在事情变得不同了。你和雷诺克斯可以有自己的生活了。"

娜丁平静地说："是的，我无法离开雷诺克斯。请原谅。"

"没什么可原谅的，"柯普先生声明，"你和我仍然是朋友。我们只需要忘记那天下午的事。"

娜丁温柔地把一只手放在他的胳膊上。"亲爱的杰弗逊，谢谢你。现在，我要去找雷诺克斯了。"

她转身走了。柯普先生独自前行。

2

娜丁发现雷诺克斯坐在希腊罗马式剧院的顶上正想着什么,直到自己喘着气坐在他身边,他才发现。

"雷诺克斯。"

"娜丁。"他稍稍转过身。

她说:"直到现在,我们才能好好地谈谈。但是你知道,我不会离开你的,对吗?"

他严肃地说:"你真的曾经打算离开我吗,娜丁?"

她点了点头。"没错。要知道,这好像是我唯一能做的事了。我曾希望——希望你会去追我。可怜的杰弗逊,我这么对他,真卑鄙。"

雷诺克斯忽然短促地笑了一声。

"不,不是的。一个像柯普这么无私的人,应该得到机会来表现自己的高尚!而你是对的,娜丁。当你告诉我你要离开我、跟他一起走的时候,我这辈子从来没如此震撼过。说实话,我想,这段时间我肯定是哪里不对劲。该死的,你想要我跟你一起离开的时候,我为什么没能当面告诉母亲,然后跟你一起走呢?"

她柔声说道:"你做不到,亲爱的,你不能。"

雷诺克斯沉思着说:"见鬼,母亲是个古怪的人……我相信,她把我们所有人都催眠了。"

"没错。"

雷诺克斯又想了一会儿,说:"那天下午你跟我说那些话的时候——就像对着我的脑袋狠狠地打了一下！我糊里糊涂地往回走，然后，忽然，我觉得自己就是个蠢货！我意识到，如果我不想失去你，只有一件事可以做。"

他感觉到她的身体僵硬了。他的语气冷酷起来。

"我去了，并且……"

"不……"

他飞快地看了她一眼。

"我去……告诉她了，"他的语气全变了，谨慎、平板，"我跟她说，我要在她和你之间做出选择——我选择了你。"

一阵沉默。

他又说了一遍，这一次语气十分奇怪，仿佛在自言自语：

"没错，这就是我跟她说的。"

第十四章

在回来的路上,波洛遇见了两个人。第一个是杰弗逊·柯普先生。

"是赫尔克里·波洛先生吧?我是杰弗逊·柯普。"

两人礼貌地握了握手。

柯普先生跟上波洛的脚步,与他并排走着,一边解释说:"我刚刚才知道,你正在调查我的老朋友博因顿老夫人的死因。当然了,这真是让人震惊不已。老太太实在不应该进行这种疲劳的旅行。她的家人对此无能为力。她是个家庭暴君——我想,多年来她一直都是这样。她说去哪儿,就得去。这是事实。没错,先生,就是这样。"

短暂的沉默。

"我只想跟你说,波洛先生,我是博因顿家的老朋友了。当然了,这件事搞得他们每个人都很烦乱。你知道,他们都有些神经质,也容易激动。所以,如果有什么需要安排的事项,比如必需的手续、葬礼的准备、把尸体运回耶路撒冷这一类的事,我都会尽量帮他们处理。如果有任何需要,尽管叫我就行了。"

"我相信,他们全家都会很感谢你的。"波洛说,又补充道,"我想,你是博因顿少夫人的一位特别的朋友。"

杰弗逊·柯普先生的脸有点红了。

"呃,我们别说这个了,波洛先生。我听说,今天早上,你跟雷诺克斯·博因顿少夫人谈过话了。也许她跟你说了我们之间的事。不过,这一切都结束了。博因顿夫人是个善良的女士,她认为,在丈夫遭受丧母之痛的时候,她首要的责任就是陪在他身边。"

一阵沉默之后,波洛微微地点了点头,表示他明白了。然后,他咕哝道:

"我受了卡伯里上校的委托,调查博因顿老夫人去世那天下午发生的事。你能说一说那个下午的情况吗?"

"哦,没问题。我们吃完饭,休息了一阵子,就去周遭溜达去了。大家都很开心能摆脱那个让人厌烦的向导,每次说到犹太人他都像个疯子,我觉得在这个问题上,他不怎么正常。总之,正如我刚才所说的,我们出去了。就在那时候,我遇到了娜丁。之后,她希望能单独跟她丈夫待会儿,讨论一些事。于是,我离开她,一个人回营地去了。大概走了一半,就碰到了早上跟我一起爬山的两位英国女士,听说其中一位还是英国贵族,是吗?"

波洛说,她的确是。

"她是个厉害的女人,很聪明,见多识广。另外一个看上去很虚弱,样子非常疲劳。清早就去远足,对一个中年女士而言,是非常费劲的,特别是她还有恐高症。唔,我刚才说过了,我碰到了她们,还跟她们讲了一些纳巴泰人的事。我们在周围走了走,六点左右回到了营地。爵士夫人一定要喝茶,我很乐意陪着她喝一杯——茶有点淡,不过味道还算可以。之后,仆人们准备好了晚饭,并派了一个人去叫老太太,却发现她在椅子里去世了。"

"你在回帐篷的路上,见过她吗?"

"我确实看到她坐在那儿——就在她下午和晚上经常坐的地方,不过我并没有过多注意。我正跟爵士夫人解释美国股票暴跌的情形,而且还得分神照顾皮尔斯小姐。她累得不行了,动不动就会扭到脚踝。"

"谢谢你,柯普先生。请原谅我的冒昧,我想问一下,博因顿老夫人有没有可能留下了一大笔钱?"

"很多钱。严格说来,这不是她留下的钱。她有终生财产权,她死之后,这些钱必须平均分给已故的埃尔默·博因顿先生的子女。没错,现在,他们能过上舒服而富有的生活了。"

"钱,"波洛嘀咕着,"可以改变很多事。有多少罪犯都是为了钱而犯罪啊!"

柯普先生的样子有些惊讶。

"呃,我想是的。"他承认道。

波洛亲切地微微一笑,嘟囔着说:"但是谋杀的动机很多,对吧?柯普先生,谢谢你的合作。"

"不客气,"柯普先生说,"坐在那上面的是金小姐吧?我要跟她说句话。"

波洛继续往山下走去。

他遇到了跌跌撞撞上山的皮尔斯小姐。

她喘着粗气冲他打招呼。

"哦,波洛先生,很高兴见到你。刚才我一直在跟那个奇怪的女孩说话——你知道,是年纪最小的那个。她一直在说一些古里古怪的话,敌人啊,要绑架她的酋长啊,周围都是奸细啊。真的,听上去真的太传奇了!爵士夫人说这全都是鬼话,还说她之前有个红头发的厨娘就喜欢这么撒谎。不过,我觉得有时候爵士夫人待人太严苛了,不管怎样,这都有可能是真的啊,对吧,波洛先生？我在几年前读过一篇文章，上面说在俄国革命中，沙皇的某个女儿偷偷逃到了美国。我记得是塔蒂亚娜公主。如果这件事是真的，那这个女孩很有可能是她女儿，对吧？她确实说了什么王室的事——而且，你不觉得她挺漂亮的吗？像斯拉夫人，颧骨最像。要是这样，那可真是激动人心啊！"

波洛简短地说："生活中就是会有很多奇怪的事。"

"今天早上我还不知道你是谁，"皮尔斯小姐绞着双手，说，"你是非常著名的侦探！我读了所有关于'ABC案件'的报道，简直太惊险、太刺激了。那时候，我在唐卡斯特①附近当家庭教师。"

波洛嘀咕了一句，皮尔斯小姐激动起来，继续说道：

"所以我觉得我今天早上也许——也许错了。我应该告诉你每一件事，对吧？就算是最细小的细节，不管它看起来多么不相干。你出现了，说明可怜的博因顿老夫人一定是被人杀死的！现在，我明白这一点了！我猜马哈茂先生——我说不准他的名字，但是就是那个向导——我猜他该不会是个什么间谍吧？或者，没准是金小姐？我知道，有些女孩子家庭很好，也受到了很好的教育，然而却变成了可怕的激进分子！所以，我不知道该不该告诉你——因为，一想起来我就觉得诡异。"

"完全正确，"波洛说，"所以你要把全部事实都告诉我。"

"唔，其实不是什么重要的事，就是——博因顿老夫人去世的第二天早上，我起了个大早。我朝帐篷外面望过去，看着日出（当然了，算不上真正的日出，因为太阳在一个小时之前就升起来了），但是，还是很早……"

---

① 英格兰中部一城市。

"没错,没错,你看到什么了?"

"奇怪的事情发生了——但是,我当时并没有觉得奇怪。只是——我看到博因顿家的女儿走出自己的帐篷,把一件什么东西扔进小溪里——当然了,这不算什么,可是那个东西在太阳底下发着光。你知道,就是它划过空中的时候,闪闪发光。"

"哪个女儿?"

"我想她是叫卡罗尔——很漂亮,跟她哥哥特别像,他们一定是双胞胎。当然了,也有可能是小女儿。太阳正好照着我的眼睛,所以我看不太清。不过,我认为她的头发不是红色的,而是红铜色。我特别喜欢红铜色的头发。浅红色总让我联想到胡萝卜。"她咻咻地笑了。

"她扔了一个闪亮的东西?"波洛问。

"是的,就像我刚才说的,我没怎么注意。不过后来,我顺着小溪散步的时候,金小姐就在那儿。我在一大堆乱七八糟的东西之中——其中有一两个铁罐——发现了那个小小的反光的金属盒。不太像正方形,而是长方形,你明白我的意思吧?"

"是的,完全明白。大约这么长?"

"没错,你太聪明了!当时我心里想着'肯定是博因顿家的女儿扔的那个东西,可惜了,小盒子挺漂亮的'。在好奇心的驱使下,我捡了起来,打开一看,里面有个注射器——他们给我的胳膊打伤寒预防针的时候,就是用的这个。我觉得很奇怪,那针筒既没破也没坏,怎么扔了。我正想着,金小姐在我背后说话了。我都不知道她是什么时候走过来的。她说:'哦,非常感谢——这是我的皮下注射器。我正找它呢。'于是我就还给她了。接着,她拿着它回营地去了。"

皮尔斯小姐顿了顿,又急急地说:

"当然了，我觉得这事也没什么，只是卡罗尔·博因顿居然把金小姐的皮下注射器给扔了，确实有点古怪。我的意思是，挺奇怪的，你明白吧？不过，当然了，我希望会有一个很好的解释。"

她停了下来，充满期待地看着波洛。

他神情严肃。"谢谢你，小姐，你告诉我的事，也许它本身并不是那么重要，但是我要告诉你，它完善了我的案子。现在，所有的事情都清楚明白、井然有序了。"

"哦，真的？"皮尔斯小姐像个孩子似的，高兴得涨红了脸。

波洛和她一起走回酒店。

回到自己的房间，他在便笺纸上补充了一行字，第十点："我绝对不会忘记，别忘了，我绝对不会忘记任何事……"

"没错①，"他说，"现在，全都清楚了！"

---

① 原文为法语。

第十五章

"我已经准备就绪。"赫尔克里·波洛说。

他轻轻地叹了口气,向后退了两步,琢磨怎么布置酒店里的一个空房间。

卡伯里上校慵懒地靠在被推到墙边的床上,叼着烟斗,微笑着。"你这家伙真有意思,是吧,波洛,"他说,"喜欢夸张的表演。"

"也许——是的,"小个子波洛承认了,"但是,这并不全是任性胡闹。演喜剧首先要把舞台布置好。"

"是出喜剧?"

"就算是出悲剧,舞台装置也得恰当。"

卡伯里上校好奇地打量着他。

"好啦,都按你说的做!真不知道你究竟在搞什么,不过,我想,你已经发现什么了吧。"

"能满足你的要求,我感到荣幸——把真相告诉你。"

"你认为我们可以就此定罪吗?"

"这个,我的朋友,我可没向你承诺过。"

"是的。不过要是这样,没准我会更高兴,可以随机应变。"

"我的论点主要是关于心理学的。"波洛说。

卡伯里上校叹口气。"这正是我担心的。"

"但是，这些论点会说服你的，"波洛向他保证道，"没错，会说服的。我经常在想，真相，是一件奇异而又美妙的事情。"

卡伯里上校说："见鬼，有时候也会让人不高兴的。"

"不，不，"波洛认真地说，"这是你从个人的观点来看的。你应该抽离出来，不带个人感情色彩地看问题，这样的话，事情的绝对逻辑就会让人着迷，并且井井有条。"

"我会努力这么做的。"上校说道。

波洛扫了一眼表——一块巨大的、奇形怪状的、像个大萝卜似的表。

"这块表是我祖父传下来的。"

"我想也是。"

"到时间了，"波洛说，"上校，请坐在桌子后面的主席位置上。"

"哦，好吧，"卡伯里嘀咕着，"你该不会让我穿制服吧？"

"哦，不，不会的，我来给你整理下领带。"他说到做到。卡伯里上校又咧着嘴笑了。他坐在指定的位子上，没多久，就又下意识地把领带拽偏了。

波洛稍稍挪了挪椅子，说："博因顿一家坐这儿。"

"这边，"他又说，"我们会让跟本案有明确关系的三个人坐在这里。一位是杰拉德医生，他的证词决定了起诉的证据；一位是莎拉·金小姐，她跟这个案子有两层关系，个人的利害关系，以及她作为验尸者的关系；最后一个是杰弗逊·柯普先生，他和博因顿一家关系密切，自然也有利害关系。"

他停住了。"啊哈——他们来了。"

他打开门，让众人走进来。

走在最前面的是雷诺克斯和妻子，接着是雷蒙德和卡罗尔。

吉内芙拉是独自进来的，唇边隐隐露出一丝朦胧的笑意。最后面的是杰拉德医生和莎拉·金。过了一会儿，杰弗逊·柯普先生到了，他一边走进房间，一边道歉。

等他坐下之后，波洛上前一步。

"女士们，先生们，"他说，"这是一次非正式的聚会，因为我刚好在安曼。很荣幸，卡伯里上校向我咨询——"

有人打断了波洛，声音好像是来自一个最不可能的方向。雷诺克斯·博因顿突然用挑衅的口气说道：

"怎么回事？他到底为什么要让你牵涉到这件事里来？"

波洛潇洒地挥了挥手。

"死亡突然出现时，人们都会来找我。"

雷诺克斯·博因顿说："不管什么时候，只要出现了心力衰竭，医生都会去找你吗？"

波洛温和地说："心力衰竭是一个不严谨也不科学的说法。"

卡伯里上校清了清喉咙，这是一个职业性的开场，所以他说话的时候，语气也是公事公办式的。

"我觉得最好要弄清楚这件事。天气酷热，身体不好的老太太长途跋涉地旅行。目前为止，所有的事都很合理。但是，杰拉德医生过来找我，跟我说——"

他询问地看看波洛，后者点点头。

"杰拉德医生是全世界数一数二的医生，他的陈述一定会受到重视。他是这么说的：在博因顿老夫人去世的第二天早上，他注意到，他的药箱中，剂量不菲、对心脏影响巨大的药物不见了。前一天下午，他发现一个皮下注射器丢了。在老太太死亡的那天晚上，注射器又被送了回来。最后一件事——尸体的手腕上有一个小伤痕，跟皮下注射器所留下的针眼一模一样。"

卡伯里上校顿了顿。

"根据这些情况，我认为进行调查是当局的责任。碰巧，赫尔克里·波洛先生在我家做客，承蒙他的好意，愿意为我发挥他那卓越的才干。我将此事全权交给他处理。所以，现在大家聚在一起，听他的报告。"

房间里安静了，静得——就像俗话说的，掉根针在地上都能听见。实际上，隔壁房间确实有人把东西掉在地上了，也许是一只鞋。在这种寂静的氛围中，那声音听着像爆炸声似的。

波洛飞快地看了一眼他右边的三个人，然后，又看了看在他左边挤成一团的五个人——他们眼中全是恐慌。

波洛不动声色地说："卡伯里上校跟我说到这件事的时候，作为一个专家，我对他说了我的看法。我告诉他，也许找不到证据——找不到可以说服陪审团相信的证据。但同时，我很明确地告诉他，我确定能找到真相——只要对相关的人进行提问。因为要调查罪案，只需让有罪的一个或几个人开口说话，最终，他们一定会说出你想知道的事！"他顿了顿。

"在这个案件中，"他说，"虽然你们对我说了假话，但仍然在无意中说出了真相。"

他听到右边传来一声微弱的叹息，还听到椅子跟地面摩擦发出的咯吱声。但是，他并没有往那边看，而是直直地盯着博因顿一家。

"首先，我研究了博因顿老夫人自然死亡的可能性，得出了否定的结论。不见了的药物和注射器，特别是死者家属的态度，这些都让我确信这个可能性是不存在的。

"博因顿老夫人是被人冷酷而残忍地杀死的，甚至，她的家人也知道这个真相！他们共同成为有罪的当事人。

"但是他们有罪的程度各不相同。为了查清这次谋杀——没错，就是谋杀——是不是老太太的家人共同计划实施的，我仔细地检查了各种证据。

"不得不说，动机是明显的。每个人都能从她的死亡中获益。不仅仅是经济方面——他们能够马上获得经济独立，享受巨额财富。另外，他们还可以从一个让人无法忍受的暴君手下解脱出来。

"但是，我马上就认定，合伙作案这个假设无法成立。博因顿一家人说的话，并不完全一致，而且也没有组织好系统、有效的不在场证据。这些事实说明，这个案子更像是一两个家庭成员做的，而其他人则是事后的从犯。接着，我考虑到底是哪个或者哪几个人做的。不得不说，我受到了一个只有我自己知道的证据的影响。"

波洛说出了他在耶路撒冷遇到的事。

"由此，怀疑的矛头自然对准了雷蒙德·博因顿先生，他很像本案的主谋。研究过这个家庭之后，我得出一个结论。那天晚上，他最有可能对他的妹妹说出秘密。无论是在相貌还是在气质上，他们俩都像极了，想法肯定也相似。并且，两个人都有些神经质，还有点叛逆，这正是策划这种行动的必要因素。他们的动机并不是完全自私的——想拯救全家人，尤其是他们的小妹妹。这样似乎让他们制订计划的行动显得更为合理。"波洛停了一会儿。

雷蒙德·博因顿半张着嘴，随即又闭上了。他盯着波洛，眼神里透出一种无言的痛苦。

"在详细讲解关于雷蒙德·博因顿的不利证据之前，我想给你们读一读这份重要的明细。这张单子是我今天下午写的，并交给了卡伯里上校。

要点

1. 博因顿老夫人服用了含毛地黄的混合药物
2. 杰拉德医生丢了一个皮下注射器
3. 博因顿老夫人阻止家人跟外人交往,以此为乐
4. 事情发生的当天下午,博因顿老夫人鼓励家人离开,只剩自己一个人
5. 博因顿老夫人是个心理虐待狂
6. 大帐篷距离博因顿老夫人所坐的地方(约)二百码
7. 雷诺克斯·博因顿先生一开始说自己不知道回营地是在几点,但后来承认替他母亲对过表
8. 杰拉德医生的帐篷跟吉内芙拉的挨着
9. 六点半,晚饭准备好了的时候,一个仆人去通知博因顿老夫人
10. 博因顿老夫人在耶路撒冷曾这样说:'我从不忘记,记住这一点。我从来不会忘记任何事……'

"虽然这些事项都是逐条写下来的,但是它们之间也两两相对。比如前面两点:'博因顿老夫人服用了含毛地黄的混合药物''杰拉德医生丢了一个皮下注射器'。这两项一开始就引起了我的注意。可以说,我觉得这两点非同小可,而且前后矛盾。你们明白我在说什么吗?没事,我一会儿再说这个问题。我注意到了这两点,认为必须得有个合理的解释。

"现在,我会总结一下我对雷蒙德·博因顿犯罪的可能性的研究。事实是这样的:有人听到过他说杀死博因顿老夫人的可

能性。并且，他处于一种容易激动的精神状态。他——小姐，抱歉——"他对莎拉点了点头，表示歉意，"他刚刚经历了一场巨大的情感危机，就是，他恋爱了。这种情感上的亢奋状态，有可能导致他选择以下几种方法之一。也许他可以心平气和地面对整个世界，包括他继母；也许他最终有了勇气去反抗她，摆脱她的影响；也许他只是找到了额外的驱动力，把他的犯罪从理论变为行动。这就是心理学！现在，让我们看一看事实。

"雷蒙德·博因顿和其他人在一点十五分左右离开营地，那时候博因顿老夫人还好好地活着。没多久，雷蒙德和莎拉两个人说起话来。之后，他离开了她。根据他所说的，五点五十分他回到营地，去见了他母亲，跟她说了几句话，然后回了自己的帐篷。后来，他去了大帐篷。他说在五点五十分的时候，老夫人还活着。

"但是，出现了一个与之相反的事实。六点半，仆人发现博因顿老夫人死了。有医生资格的金小姐检查了尸体。她明明白白地发誓说，虽然当时自己并没有注意到死亡时间，但是能确定的是，死亡时间绝对比五点钟要早——很可能早很多。

"这两种说法完全矛盾。撇开金小姐判断错误的可能性——"
莎拉打断了他的话。"我没错。如果错了，我会承认的。"
她语气严肃，吐字清晰。
波洛礼貌地对她点点头。

"那就只有两种可能性了——不是金小姐在撒谎，就是博因顿先生在撒谎！让我们看一看博因顿先生撒谎的理由吧。假设金小姐没错，也没撒谎，那情况是怎样的呢？雷蒙德·博因顿回到了营地，看到母亲坐在洞穴口，他走过去，发现她死了。然后他做了什么？求救了吗？马上通知营地的人？都没有。他等了一小会儿,然后直接回到自己的营地,又去了大帐篷跟其他家人会合,对这件事只字未提。这种行为极其怪异,对吧?"

雷蒙德紧张不安地尖声问道:

"当然了,这很白痴。所以,你应该清楚,那时候就像我说的,我母亲活得好好的。当时金小姐太紧张了,所以犯了错。"

"我问自己,"波洛平静地继续说道,"他为什么要这么做呢?表面上看,雷蒙德不可能是有罪的,因为大家都知道,那天下午,他只靠近过他继母一次,而她在此之前已经死了有一段时间了。由此,假设雷蒙德·博因顿无罪,那我们如何解释他的行为呢?

"就像我说的,他的行为是可以解释的!我记得我无意中听到的一些对话:'你明白的,不是吗?她必须得死!'他散步回来后,发现她已经死了,他那有罪的记忆立刻想到某种可能性。计划已经实施了,不是他,而是他的同谋做的。很简单,他怀疑自己的妹妹卡罗尔,有罪。"

"你撒谎。"雷蒙德的声音低沉而颤抖。

波洛继续说道:

"那么,让我看看卡罗尔·博因顿是凶手的可能性。有什么不利于她的证据呢?同样,她也有容易激动的气质——这种气质也许会给她的所作所为增添一份英雄主义色彩。在耶路撒冷的那天晚上,跟雷蒙德·博因顿说话的人,就是她。卡罗尔五点十分回到了营地,根据她的证词,她去见了她母亲。没有证人。营地里一个人都没有——仆人们都在睡觉。爵士夫人、皮尔斯小姐和柯普先生去参观洞穴,他们看不到营地的情况。没有目击者,时间上也吻合。因此,在这个案子中,很容易就能得到对卡罗尔·博因顿的不利证据。

"还有一件事。第二天清晨,有人看到卡罗尔·博因顿把一个什么东西扔进小溪里。我有理由相信,这个东西就是皮下注射器。"

"什么?"杰拉德医生吃惊地抬起头,"可是,我的注射器已经还了回来,没错,就在我这儿。"

波洛使劲点着头。

"是啊,是啊。这是第二个皮下注射器,非常稀奇、非常有趣。有人想让我以为这个皮下注射器是金小姐的。对吧?"

莎拉犹豫了片刻。

卡罗尔飞快地说:"不是金小姐的,是我的。"

"那么,你承认是你扔的了?"

她只犹豫了一秒钟。

"没错。当然了。为什么不行?"

"卡罗尔!"是娜丁,她探身向前,睁大双眼,眼神痛苦,"卡罗尔……哦,我不明白……"

卡罗尔扭过头看着她,眼神中有些敌对。

"没什么不明白的!我扔了一个旧的注射器,我压根儿没碰过那个——那个毒药。"

莎拉插嘴说:"皮尔斯小姐说的是真的,波洛先生,那是我的注射器。"

波洛笑了。

"注射器这件事,可真让人百思不得其解啊。不过,我能说得通。啊,现在,我们得出了两个事实——雷蒙德·博因顿无罪,而他妹妹卡罗尔有罪。然而我一向都是小心谨慎、恪守公平的,总会看到事物的两面。让我们看一看,如果卡罗尔·博因顿无罪,那将发生什么。

"她回到营地,去继母那儿,发现她——死了!她想到的第一件事是什么?她会怀疑是自己的哥哥杀死了她,而她不知道该怎么办。所以,她什么都没说。大约在一个小时以后,雷蒙德·博因顿回来了,装作跟他母亲说话,之后对母亲已死这件事一个字都没提。也许她去了他的帐篷,在里面发现了一个注射器,所以,她更加肯定了!她迅速把它拿走并藏了起来,等到第二天一大早,就把它扔得远远的。

"还有一件事能说明卡罗尔·博因顿是无辜的。当我询问她的时候,她对我保证,她和她哥哥根本就没打算去实施他们的计划。我让她发誓,于是她立刻严肃地发誓说她没有犯罪。你们看,她就是这么说的。她没有发誓说他们是无罪的,她只为自己发了誓,并不包含她哥哥——她还以为我不会特别注意到她使用的代词。

"嗯,这就是证明卡罗尔·博因顿无罪的事实。现在,退一步考虑雷蒙德·博因顿有罪的可能性。让我们假设卡罗尔说的是实话,博因顿夫人五点十分的时候还活着,那么,在什么情况下,雷蒙德可能有罪?我们可以设想一下,五点五十分的时候,他去看他母亲并且杀死了她。不错,营地周围有很多仆人,但是,天色已晚,光线昏暗,因此正好可以下手。但是,这样的话,也意味着金小姐撒谎了。别忘了,她回到营地时,只比雷蒙德晚了五分钟。从这段距离而言,她能看到他去找他母亲了。后来,她知道博因顿老夫人死了,于是意识到是雷蒙德杀死了她。为了救他,金小姐说了谎话——知道杰拉德医生发了烧,病倒在床上,无法揭穿她的谎言!"

"我没撒谎。"莎拉清楚地说道。

"还有一种可能性。正如我刚才说的,金小姐比雷蒙德晚五分钟回到营地。如果雷蒙德看到他母亲还活着,那么也许就是金小姐扎了那致命的一针。她早就认定博因顿老夫人邪恶无比。也许,她把自己当成了正义的法官。这样就能很好地解释她在死亡事件上撒的谎了。"

莎拉的脸变得苍白,她低沉而镇定地说:

"我的确说过牺牲一个人来拯救很多人,这是一个权宜之计。但那是在圣地祭坛产生的想法。我可以发誓,我从来没伤害过那个令人厌恶的老太太——我脑子中从来就没有过这种想法!"

"然而,"波洛轻轻地说,"你们两个人中,肯定有一个在撒谎。"

雷蒙德·博因顿在椅子里动了动,性急地大声说:

"你赢了,波洛先生!是我撒了谎。我到母亲那儿的时候,她已经去世了。这——让我震惊极了。要知道,我本来是打算去跟她说清楚的,告诉她,从今往后,我就是个自由的人了。我已经准备好了,可她——死了!她的双手冰冷而无力。于是我以为——就像你说得那样,我以为是卡罗尔——因为,她手腕上有个针眼……"

波洛飞快地说:"这是唯一一个我想不太明白的事。你原本计划用什么方法?你有个方法——而且跟皮下注射器有关。这我是知道的。如果你想让我相信你,必须告诉我其余的事情。"

雷蒙德急忙说道:"这是我在一本书上看到的方法——一本英国侦探小说——把一只空的注射器刺进人体内,就会发生奇迹。听上去挺科学的。我——我们原本打算那样做。"

"啊,"波洛说,"我明白了,你买了一个注射器?"

"没有。其实,我是从娜丁那儿偷来的。"

波洛飞快地看了她一眼。"耶路撒冷那个行李袋中的注射器?"他嘟囔道。

年轻女人的脸有些发红。

"我——我不确定它在哪儿。"她说。

波洛嘀咕道:"你真聪明,夫人。"

第十六章

一片沉默。波洛故意清了清喉咙，然后说：

"现在，我们已经解开了我称之为'第二个注射器'的谜底。它是雷诺克斯·博因顿夫人的，离开耶路撒冷之前，被雷蒙德·博因顿拿走了。博因顿老夫人的尸体被发现之后，卡罗尔又从雷蒙德那里拿走扔掉，并被皮尔斯小姐看到了。金小姐说那是她的。我认为，注射器现在在金小姐那里。"

"是的。"莎拉说。

"所以，你说注射器是你的，意味着你做了一件你跟我们保证说你绝不会做的事——你撒谎了。"

莎拉镇静地说："这是两种类型的谎话。不涉及我的职业素养。"

杰拉德赞赏地点了点头。

"说得很好。我理解你，小姐。"

"谢谢。"莎拉说。

波洛又清了清嗓子。

"现在，我们看一看时间表：

博因顿家和杰弗逊·柯普离开营地　三点零五分（约）
杰拉德医生和莎拉·金离开营地　三点十五分（约）

爵士夫人和皮尔斯小姐离开营地　四点十五分

杰拉德医生回到营地　四点二十分（约）

雷诺克斯·博因顿回到营地　四点三十五分

娜丁·博因顿回到营地，跟博因顿老夫人说话　四点四十分

娜丁·博因顿离开婆婆去大帐篷　四点五十分（约）

卡罗尔·博因顿回到营地　五点十分

爵士夫人、皮尔斯小姐和杰弗逊·柯普回到营地　五点四十分

雷蒙德·博因顿回到营地　五点五十分

莎拉·金回到营地　六点

发现尸体　六点三十分

"你们会注意到，从娜丁·博因顿四点五十分离开婆婆，到卡罗尔五点十分回到营地，这中间隔了二十分钟。如果卡罗尔说的是实话，那么，博因顿老夫人一定是在这段时间被杀的。

"谁有可能杀死她呢？在那段时间，金小姐和雷蒙德·博因顿在一起，柯普先生（不是指他有什么明显的要杀死她的动机）有不在场证明，因为他和爵士夫人还有皮尔斯小姐在一块儿。雷诺克斯·博因顿和他妻子在帐篷里。杰拉德医生则因为发烧而躺在自己的帐篷里呻吟。营地上一个人都没有，仆人们都在睡觉。正是犯罪的好时机！有没有这么一个人，会实施犯罪呢？"

他的眼睛若有所思地看向吉内芙拉·博因顿。

"有一个人。吉内芙拉·博因顿一下午都在自己的帐篷里。但这只是我们听说的——实际上，有证据显示她并非一直都在那儿。吉内芙拉·博因顿说了一句非常关键的话。她说，杰拉德医生发烧的时候一直呼唤她的名字。杰拉德医生也跟我们说过，他发烧的时候梦见了吉内芙拉·博因顿的脸。但，那并不是一个

梦！他看到的，真的是她的脸。当时，她就站在他的床边。他以为这是发烧而产生的幻觉，但是，这是真实发生的。吉内芙拉在杰拉德医生的帐篷里。有没有可能是她用完注射器又还了回去呢？"

吉内芙拉·博因顿抬起头，金红色的头发就像一顶皇冠罩在她的头上，一双美丽的大眼睛空洞地盯着波洛，看上去宛若梦幻中的圣女。

"啊，不是的①！"杰拉德医生大声说道。

"从心理学的角度来看，完全没有可能吗？"波洛问。

法国人垂下了眼帘。

娜丁·博因顿尖声说道："这根本不可能！"

波洛的目光飞快地转向了她。

"不可能，夫人？"

"没错。"她顿了顿，摇了摇嘴唇，然后，说道，"这种对金妮的指控，我是不会允许的。我们——我们所有人——都知道这不可能。"

吉内芙拉在椅子里轻轻地摇了摇，嘴角的线条不再紧绷，变成了微笑——一个小女孩动人、无邪、毫不自知的微笑。

娜丁又说了一遍："不可能。"

她那柔和的面部曲线变得僵硬起来，表情坚定。跟波洛对视的时候，眼睛里满是严厉和无所畏惧。

波洛向前探了探身，半鞠了一躬。

"夫人很聪明。"他说。

娜丁平静地说："你这话是什么意思，波洛先生？"

---

①原文为法语。

"我是说，夫人，我早就发现你头脑出众了。"

"你在恭维我。"

"我认为不是。你一直都在冷静而顾全大局地正视现实问题。表面上，你跟你丈夫的母亲和平相处，因为，你觉得这么做是最恰当的。但是，在内心深处，你审判她，并且定了她的死罪。我想，在不久前，你意识到，你丈夫获得幸福的唯一机会就是努力离开这个家，不管将来的生活有多穷困，他都需要自己去争取。你甘冒一切风险，极力去影响他，想让他这么去做。但是，你失败了，夫人。雷诺克斯·博因顿已然不再向往自由，而是心甘情愿地陷入了冷漠与忧郁之中。

"现在，我一点都不怀疑，夫人，你是爱你丈夫的。你下定决心离开他，不是因为对别的男人产生了更深刻的爱。我想，这是你为了最后的希望而做的最后的努力。处在你这个位置的女人，只有三条路可走。她会试着恳求——这个我说过，已经失败了。她可以用离开威胁他。但是，有可能这种威胁都不能让罗诺克斯有所动摇。这只能让他在苦难中陷得更深，但不会刺激他奋起反抗。最后就是一个绝望的赌注——跟其他男人一起离开。嫉妒和占有是男人内心之中根深蒂固的、最基础的本能。你想努力唤醒这种深层的原始本能，这就是你的智慧所在。如果雷诺克斯轻而易举地看着你跟另一个男人离开——那么，他就真的非人力所能拯救了。而你，也只好为了自己，在其他地方开始新生活了。

"但是现在，让我们假设一下，就连这最后的一个赌注也失败了。知道你的决定后，你丈夫心乱如麻，然而，他没有像你希望的那样，在原始男性的占有欲的刺激下而做出某些举动。还有什么方法能将你丈夫从那糟糕的精神状态中解放出来吗？只有一个办法了。如果他的继母死了，一切可能还来得及。他会作为一个自由的人开始新的生活，重建自己的独立和男人气概。"

波洛顿了顿，然后轻轻叹了口气，重复地说："如果你婆婆死了……"

娜丁的眼睛死死地盯着他，用一种不为所动的、平静的语气说道："你想说是我做的，对吗？你错了，波洛先生。我对博因顿老夫人说我很快就要离开，然后直接去大帐篷找雷诺克斯了。一直到我婆婆被发现死亡，我都没离开过那里。也许，我对她的死有内疚感，因为我刺激到她了——当然，前提是她是自然死亡的。但是，如果像你说的（虽然迄今为止你并没有直接证据，而且尸检还没开始，你也不可能有），她是被谋杀的，那么，我根本就没机会动手。"

波洛说："在发现你婆婆去世之前，你都没有离开过大帐篷。这是你刚才说过的。博因顿夫人，这正是本案中，我所不能理解的几个疑点之一。"

"什么意思？"

"在我的单子上写着呢。第九条：六点半，晚饭准备好了，一个仆人被派去通知博因顿老夫人。"

雷蒙德说："我不明白你的意思。"

卡罗尔说："我也是。"

波洛逐一打量着他们。

"你们不明白？呃？'一个仆人被派去'——为什么是一个仆人？你们，你们所有人，难道不是都在殷勤地伺候着老太太吗？难道不是总会有人护送着她去吃晚饭吗？她身体不好，没有人搀扶的话，从椅子里站起来是很困难的。总会有人在她跟前服侍着。所以，我认为晚饭准备好了，那么她的家人自然会有一两个要过去搀扶她。可是，你们当中没有一个人愿意这么干。你们全都有气无力地坐在那儿，面面相觑，猜度着为什么没人动弹。"

娜丁严厉地说："太荒谬了，波洛先生！那天晚上我们都很累。我们应该去，我承认，但是——那天晚上——我们碰巧都没去！"

"正是——正是。那个特别的晚上！夫人，跟其他人相比，可能你陪在她身边的时间更多一些。你早就机械地认同了这个责任。但是，那天晚上，你并没有提出要去帮忙把她搀扶进来。为什么？我问自己——为什么？我可以告诉你我的答案。因为，你清楚地知道，她已经死了——

"别，别打断我，夫人，"他充满激情地举起一只手，"请听我说——听我赫尔克里·波洛说！有人听见了你跟你婆婆的对话。一个能看到却听不到的证人！爵士夫人和皮尔斯小姐距离你们很远，她们看到你好像在跟你婆婆说话。但具体情形如何，有什么确凿的证据吗？我会告诉你一个小小的理论。你有头脑，夫人。以你冷静从容的风格，如果你下决心杀死你丈夫的母亲，那你会做好充分的准备，精心策划。你可以利用杰拉德医生上午远足的时候偷偷溜进他的帐篷。你肯定能找到可以利用的药物。在这个问题上，你所接受的护士训练帮助了你。你选择了毛地黄毒苷——跟老太太服用的药是一样的。你还拿走了他的皮下注射器，因为你很沮丧地发现自己的那个不见了。你希望，在杰拉德医生尚未发现时，能把注射器放回去。

"在实施你的计划之前，你最后一次努力激起你丈夫的行动意志。你告诉他，你准备嫁给杰弗逊·柯普。你丈夫虽然伤心，但是并没有表现出你所期待的反应，所以，你被迫把你的杀人计划付诸行动。你回到营地，路上遇见了爵士夫人和皮尔斯小姐，并且愉快而自然地跟她们说了两句话。你去了你婆婆坐着的地方,你的注射器里已经装好了药水。抓住她的手腕很容易——因为你受过专业的护士训练,因此动作娴熟——把药水推了进去。在你婆婆反应过来之前,你已经完成了这一系列的动作。山下的人,因为离得远,只能看到你弯腰跟她讲话。之后,你特意去搬了一把椅子坐了下来,做出一副跟她密切交谈了几分钟的样子。因为,谁能猜到你是坐着跟一个死人在说话?之后,你把椅子搬走,到下面的大帐篷里去。在那儿,你发现你丈夫在看书。你很小心,寸步不离大帐篷!你很肯定,大家会认为博因顿老夫人是死于心脏病(其实她确实是因为心脏病发而死)。你的计划之中,只有一个破绽。杰拉德医生因为疟疾发作而躺在床上,你没办法把注射器还回去——而且,你并不知道医生早已发现注射器丢了。夫人,这就是这桩罪案中唯一美中不足的纰漏。"

一片寂静——死一般的寂静。随后,雷诺克斯·博因顿突然站起身。

"不是!"他大叫,"见鬼,一派胡言!娜丁什么都没做。她不可能做任何事。我母亲——我母亲那时候已经死了。"

"啊?"波洛的目光缓缓地转向他,"所以,是你杀死她的,博因顿先生。"

又是沉默——接着,雷诺克斯跌在椅子里,用颤抖的双手捂住了脸。

"是的——没错——是我杀了她。"
"是你从杰拉德医生的帐篷里拿走了毛地黄毒苷?"
"是的。"
"什么时候?"
"就像——就像你说的——早上。"

"还有注射器?"

"注射器?对。"

"你为什么杀她?"

"还用问吗?"

"我就是在问你,博因顿先生!"

"可是——你知道,我妻子要离开我了——跟柯普——"

"没错,不过你是下午才知道这件事的。"

雷诺克斯瞪着他。"当然是下午了,我们出去的时候——"

"可你上午就拿走了毒药和注射器——在你知道之前?"

"该死的,你干吗用这些问题来逼我?"他顿了顿,用一只颤抖的手擦着额头,"这又有什么关系?"

"关系重大。我劝你,雷诺克斯·博因顿先生,你最好对我说实话。"

"实话?"雷诺克斯盯着他。

"对。"

"天哪,好吧。"雷诺克斯突然说,"但我不知道你会不会相信我。"他深深吸了口气,"那天下午,当我离开娜丁时,差不多要垮掉了。我从没想过她会离开我,跟别的男人离开。我——我都快疯了!我感觉自己就像喝醉了酒,或者大病初愈。"

波洛点点头。"我注意到,爵士夫人对我说过你从她身边走过的样子。所以,当你妻子说她是在你们两人都回到营地之后才告诉你的,我就知道她撒谎了。请继续吧,博因顿先生。"

"我都不知道自己在做什么……但是,朝营地走的时候,我开始清醒了。我忽然意识到,应该受到指责的,只有我自己!我是个可怜虫!我早就应该反抗继母、离家出走了。于是我想,现在可能还来得及。那个魔鬼般的老太婆就坐在上面,像个丑陋的雕像一样坐在那儿一动不动。我要上去跟她摊牌。我打算告诉她我的想法,并宣布我要离开这个家。我有一个疯狂的想法,那天晚上我会立刻逃走——和娜丁一起。而且,那天晚上,无论如何都能到达马安。"

"哦,雷诺克斯——亲爱的——"

一声长长的温柔的叹息。

他继续说道:"然后,老天——你只要碰我一下,我就能立马倒地!她死了!坐在那里——死了……我——我不知道该怎么办。我说不出话来——头晕眼花——我想对着她大喊的每句话都憋在了心里,像一块铅一样——我无法解释……石头——这就是我的感觉——变成了石头。我机械地行动起来——我把放在她膝盖上的手表拿起来,戴在她的手腕上——可怕的、软绵绵的死人的手腕……"

他全身颤抖。"天哪——太可怕了……然后我跟跟跄跄地跑下山,走进大帐篷。我应该叫人来的,可是我做不到。我就只是坐在那儿,翻着书,等着……"

他停了下来。

"你不会相信我的——不可能相信。我为什么没叫人来、没告诉娜丁?我不知道。"

杰拉德医生清了清喉咙。

"你的话完全合情合理,博因顿。你当时极度紧张,连遭两次沉重打击,足以让你陷入那种状态。这就是韦森霍尔特反应——小鸟的头撞在了窗户上就是个很好的例子。即使恢复了知觉,也会本能地不会有任何行动——这样它的中枢神经系统才会得以缓冲并恢复正常。我用英语解释得不太清楚,我是说,当时你不可能有其他反应,不可能采取果断的行动!你正处于麻痹的状态中。"

他转向波洛。

"我向你保证,我的朋友,就是这样!"

"哦,我并不怀疑,"波洛说,"我注意到了一个小事实——博因顿先生给他母亲戴上了手表——这其中包含了两种可能:可能是在掩饰罪行,或者是被他的妻子发现并误解了。她比她丈夫晚回来五分钟,一定会看到这个动作。当她到了婆婆那儿,发现她已经死了,手腕上还有一个皮下注射器所留下的针眼,她一定会认为凶手是自己的丈夫,认为自己想要离开的决定,造成了完全违背她原意的结果。简单来说,娜丁·博因顿相信,是自己怂恿丈夫杀了人。"

他看着娜丁。"是这样吗,夫人?"

她低下头,然后问道:

"你真的怀疑我吗,波洛先生?"

"我之前认为你有这个可能,夫人。"

她身子前倾。

"现在呢?到底发生了什么,波洛先生?"

第十七章

"到底发生了什么?"波洛重复着她的话。

他的手伸向背后,拉过椅子,坐下。现在,他的态度变得友好而随和。

"这是个问题,对吗?因为,毛地黄毒苷被偷了,注射器失踪了,博因顿老夫人的手腕上有注射器刺过的痕迹。

"没错,再过几天,我们肯定就会知道——验尸结果会告诉我们——博因顿老夫人是不是死于摄入过量的毛地黄。但是,到了那个时候,就太晚了!最好今晚就找出真相——趁着凶手就在这儿,并且在我们控制之中。"

娜丁猛地一抬头。

"你的意思是,你仍然相信,我们中的一个,在这个房间里……"她的声音越来越小。

波洛缓缓地点了点头。

"我向卡伯里上校保证过,要给他一个真相。现在,没有了障碍,我们又回到了原点。我写了一张罗列事实的单子,找出了两个明显矛盾的地方。"

卡伯里上校第一次开口说话了。"能说一说吗?"

波洛严肃地说:"我这就告诉你们。让我们再看看这张单子上面的前两项:'博因顿老夫人服用了含毛地黄的混合药物''杰拉德医生丢了一个皮下注射器'。把这两件事，跟一个不可否认的事实——博因顿一家明显地表现出了犯罪的反应——相比较。似乎可以看出，凶手肯定是博因顿家的某个人！但是，我提到的这两个事实恰恰反驳了这个结论。是的，不多，使用毛地黄浓缩液，这是个聪明的想法，因为博因顿老夫人一直在吃这种药。但是，她的家人干吗要这么做？啊，不用说，有一个明智的办法：把毒药放进她的药瓶里！不管是谁，只要稍稍有点脑子，一定会这么做！

"博因顿老夫人迟早会吃药，会死去——而且就算在药瓶里发现了毛地黄毒苷，也可以认为是药剂师搞错了。什么也证明不了！

"那么，皮下注射器被盗是怎么回事？"

"只可能有两个解释：要么是杰拉德医生看错了，注射器根本没丢过；要么就是注射器确实被偷了，因为凶手没办法接近药瓶。换言之，凶手不是博因顿家的人。根据这两个事实，凶手很有可能是外面的人！

"我明白了这一点——可是，博因顿一家表现出来的明显的负罪感却把我给搞糊涂了。有没有可能，尽管他们有负罪感，但却是无罪的呢？于是我开始证明——不是证明他们有罪，而是证明他们是无辜的！

"这就是我的出发点。凶手是局外人，这人跟博因顿老夫人并不熟悉，无法进入她的洞穴拿到她的药瓶。"

他顿了顿。

"在这个房间，有三个人可以说是'局外人'，但毫无疑问，他们都跟本案有关。

"我们先考虑一下柯普先生。他和博因顿一家一直关系密切。

他有没有作案的动机和机会呢？似乎没有。博因顿老夫人死了，对他没好处。他怀有的某个希望会落空。除非柯普先生是一个狂热的利他主义者，我们找不到任何他希望博因顿老夫人死去的原因。（当然了，除非有我们完全不知情的动机。我们不知道柯普先生跟博因顿一家有什么往来。）"

柯普先生严肃地说："对我来说，这有些牵强，波洛先生。别忘了，我根本就没机会下手。而且，无论如何，我坚信人的生命是神圣的。"

"你根本没有什么可以挑剔的地方，"波洛说，"只有在侦探小说中，你才会由此而成为嫌疑最大的那个人。"

他稍稍换了个姿势。"现在，我们看看金小姐。金小姐有某种动机，而且有必要的医学知识，性格决断。但是，她在一点半跟其他人一起离开营地，直到六点才回来，似乎很难有动手的机会。

"下一个，我们要考虑杰拉德医生。这次，我们需要考虑到谋杀真正发生的时间。根据雷诺克斯·博因顿刚才所说的话，四点三十五分，母亲已经去世了；根据爵士夫人和皮尔斯小姐的证词，四点十五分她们去散步的时候，她还活着。于是，有足足二十分钟的时间无从解释。她们在离开营地的路上跟杰拉德医生擦肩而过。因为两位女士是背对营地往前走，离营地越来越远，所以，没有人知道杰拉德医生回到营地之后做了些什么。他绝对有机会下手。作为一个医生，他很容易装成疟疾发作的样子。而且，他有动机。也许杰拉德医生想要拯救一个失去理智的人（也许这比失去生命更重要），也许他会认为：牺牲一个又老又衰竭的生命是值得的！"

"你的想法，"杰拉德医生说，"真离奇。"

波洛没有理会他的话，而是继续说了下去：

"既然这样，杰拉德医生为什么引人注意地提出了谋杀的可能性呢？显然，如果他没对卡伯里上校说那些话，博因顿老夫人的死就会被归结于自然死亡。是杰拉德医生首先提出了可能是谋杀。这一点，我的朋友，"波洛说，"说不通！"

"好像是这样。"卡伯里上校粗声粗气地说。

"还有一种可能性，"波洛说，"雷诺克斯·博因顿夫人刚刚强烈地否认了凶手是吉内芙拉的可能性。她能那么肯定，是因为她知道那时候她婆婆已经死了。但是，不要忘了这一点：吉内芙拉·博因顿整个下午都在营地。那么，她就有作案时间了——从爵士夫人和皮尔斯小姐离开营地之后，到杰拉德医生返回营地之前……"

吉内芙拉微微一动。她的身子向前探了探，用奇怪、天真、困惑的眼神瞪着波洛的脸。

"我做的？你认为是我做的？"

突然，她从椅子上跳了起来——那姿势美得无与伦比——穿过房间，跪在杰拉德医生身旁，拉着他，热情洋溢地抬头看着他的脸。

"不，不，别让他们这么说！他们要把我关起来。不是真的，我什么都没做！他们是我的敌人——要把我关进牢里，幽禁我！请你帮我！你一定要帮我！"

"好的，好的，孩子。"医生轻轻抚摸着她的头，然后对波洛说：

"你简直是一派胡言！荒谬之至！"

"迫害妄想症？"波洛嘀咕道。

"没错。但她不会这么做的。你要明白，如果是她做的，会很戏剧性、很华丽、很盛大——绝不会实施得这么冷静而镇定！我跟你说，我的朋友，肯定是这样。这是一起理性的犯罪——周全的犯罪。"

波洛笑了，并且出人意料地点点头。"我完全同意。"他平和地说。

第十八章

"现在,"赫尔克里·波洛说,"我们还有一小段路要走。杰拉德医生说到了心理学,那么我们就审视一下这件案子中的心理学部分。我们已经找到了各种事实,列出了这些事实发生的时间,听过了证词,那么,现在只有一件事了——心理学。最重要的心理学证据跟死者有关——在这个案子里,博因顿老夫人自己的心理活动非常关键。

"看一下我列举的重要事项中的第三和第四条:'博因顿老夫人阻止家人跟外人交往,以此为乐','事情发生的当天下午,博因顿老夫人鼓励家人离开,只剩自己一个人'。

"这两件事根本就是相互矛盾的!博因顿老夫人为什么会在这个特殊的下午突然改变了她平时的习惯?是她突然良心发现,产生了慈爱之心?根据我所听到的来判断,这是不可能的。但肯定有原因。是什么呢?

"让我们仔细地研究一下博因顿老夫人的性格。大家对她有各种各样的看法。她是冷酷的暴君——精神虐待狂——她是邪恶的化身——她是个疯子。哪一种最正确?

"在耶路撒冷的时候,莎拉·金灵感一闪,认为她所看到的这个老太太很可怜。我个人认为这种看法最接近事实。不过,不仅仅是可怜——而是根本没用!

"如果可能的话,我们把自己代入到博因顿老夫人的精神状态中去。她生来就雄心勃勃,渴望支配他人,渴望加深别人对她的印象。她对权力的欲望既没能得到发扬,也没有被控制住——没有,女士们、先生们——而是一直在扩大。但是最后——请仔细听这句话——最后怎样了呢?她没有得到巨大的权力!在广大的范围内,她既没有被憎恨,也没有被惧怕。她只是一个与世隔绝的家庭里的小小暴君。杰拉德医生跟我说过,跟其他老太太一样,她厌倦了自己的爱好,想扩大活动范围,想通过严重动摇自己的统治地位来取乐。但是这就导致了本案完全不同的一面。这次国外旅行,让她第一次意识到自己太渺小了!

"现在,我们直接看第十条——她在耶路撒冷对莎拉·金说的话。 要知道,莎拉·金揭发了她的真面目,直截了当地指出博因顿老夫人的存在完全没有价值,她是个可怜的女人!现在,仔细地听一听——你们所有人——听听她对金小姐说的原话。金小姐说,博因顿老夫人说话'充满了恶意,看都不看我'。她是这么说的:'我从不忘记。'她说,"记住这一点。我从来不会忘记任何事,任何一个举动,一个名字,一张脸……'

"这句话给金小姐留下了深刻的印象。老太太说话时措辞强烈,声音沙哑。这句话对金小姐的影响太大了,弄得她都没意识到这些话意义非凡!

"你们看出重要性了吗,有没有人?"他等了一会儿,"看起来没有……然而,我的朋友们,你们不觉得,这些话作为回答,完全不合理吗? '我从不忘记。记住这一点。我从来不会忘记任何事,任何一个举动,一个名字,一张脸。'这话说不通啊!如果她说的是'我绝对不会忘记无礼的举动'之类的话还可以理解——但是,不是,她说的是'一张脸'!

"啊！"波洛拍打着双手说，"但是我眼前一亮！表面上这话是对金小姐说的，但其实不是！而是说给站在金小姐身后的另一个人听的。"

他打住了，观察着每个人的表情。

"是的，我眼前一亮。那个时刻是博因顿老夫人一生当中一个重要的心理时刻。一个聪明的年轻女士，让自己暴露了！她内心充满了莫名其妙的愤怒，就在这时，她认出了某个人——一张过去认识的脸——一个送到她手上的牺牲品！

"你们看，我们又说回了外人这个话题。博因顿老夫人为什么会在她去世的那个下午变得和蔼亲切，现在已然清晰了。她想甩掉家人，是因为她有别的鱼上钩了。她为了一个新的牺牲品，而清场了……

"那么，让我们从全新的角度看一看那天下午发生了什么。博因顿一家走了，老夫人独自坐在洞穴旁。现在，让我们回顾一下爵士夫人和皮尔斯小姐的证词。后者是一个不可靠的证人，没有观察力，耳根子软。而爵士夫人则头脑清楚、观察入微。两位女士都同意一个事实。一个阿拉伯仆人去找博因顿老夫人，不知道为什么惹怒了她，然后匆忙跑了回来。爵士夫人明确地说过，那个仆人先进了吉内芙拉·博因顿的帐篷。也许你们还记得，杰拉德医生和吉内芙拉的帐篷是挨着的，那么阿拉伯仆人也许进了杰拉德医生的帐篷里……"

卡伯里上校插嘴说道："你的意思是，我的贝都因人用注射器杀死了老太太？荒唐，太荒唐了！"

"等等，卡伯里上校，我没说完呢。也许这个阿拉伯仆人是从杰拉德医生而非吉内芙拉的帐篷里走了出来。然后呢？两位女士都说没看到他的脸，无法确定他是谁，也听不到他说了些什么。这不难理解。大帐篷跟岩石相隔二百码。而爵士夫人清清楚楚地描述了这个人的其他特征,破破烂烂的马裤和绑得松松散散的绑腿。"

波洛探身向前。

"然而这一点,我的朋友们,的确太奇怪了!既然她看不清他的脸、听不到他说话,那她绝不可能注意到他的裤子和绑腿!在两百码以外是不可能的!

"这是一个失误!它让我产生了一个奇怪的想法。为什么要这么强调破裤子和松垮的绑腿呢?有没有可能是裤子根本没破,绑腿的事也是假的?爵士夫人和皮尔斯小姐都看到了这个仆人——但是从她们所坐的位置,她们看不到彼此。爵士夫人曾经去看皮尔斯小姐是否醒了,结果发现她坐在自己帐篷门口,这件事可以证明我刚说的。"

"老天,"卡伯里上校突然挺直了腰板,"你是说——"

"我是说,爵士夫人摸清楚皮尔斯小姐(唯一一个可能醒着的证人)在干什么之后,回到自己的帐篷里,穿上马裤、靴子和卡其色外套,用她花格子的擦布和毛线做了一条阿拉伯头巾。装扮好之后,她勇敢地去了杰拉德医生的帐篷,在他的药箱里找寻着,挑选了合适的药,拿了皮下注射器,然后就大胆地去见她的受害人了。

"也许博因顿老夫人正在打盹儿。爵士夫人手脚麻利地抓住她的手腕,把毒药打了进去。博因顿老夫人没能喊叫出来。她挣扎着站起来,却跌在了椅子里。'阿拉伯人'急忙离开,装出一副羞愧和尴尬的样子。博因顿老夫人挥舞着手杖,试图站起来,然后倒在椅子里。

"五分钟后,爵士夫人又去皮尔斯小姐那儿了,谈论了一番自己刚刚见过的情形,把自己的说法强加给后者。之后两人去散步,经过岩石下面的时候,爵士夫人对着上面的老太太喊了一声。她没有得到回答——老夫人已经死了,不能回答了。可她对皮尔斯小姐说:'太无礼了!她唯一的回答就是一声哼。'皮尔斯小姐接受了这个暗示——她经常听见博因顿老夫人哼一声以表示回答。如果有必要,她会极其诚实地发誓,说自己的确听见了。爵士夫人在委员会中经常跟皮尔斯小姐这种女人打交道,她清楚该怎样用自己的名气和专横的个性来影响她们。她整个计划中唯一的纰漏就是,她没能及时把注射器还回去。杰拉德医生提前返回,破坏了她的计划。她希望医生没发现注射器不见了,或者是认为自己一时之间没看到。当晚,她把它还了回去。"

他停了下来。

莎拉问道:"可是为什么?爵士夫人为什么要杀死博因顿老夫人?"

"你跟我说,在耶路撒冷你跟博因顿老夫人说话的时候,爵士夫人离你很近。老夫人的话其实是对爵士夫人说的。'我从不忘记。记住这一点。我从来不会忘记任何事,任何一个举动,一个名字,一张脸。'如果把这件事,跟博因顿老夫人曾经做过监狱的女看守联系起来,就会产生一个非常聪明的想法。韦斯特霍姆勋爵从美国回英国的途中认识了他的妻子。结婚前,爵士夫人是个罪犯,在监狱服过刑。

"现在你们该知道她所处的困境有多可怕了吧?她的事业、她的雄心、她的社会地位——一切都岌岌可危!虽然我们不知道(不过很快就会知道)她犯了什么罪而进了监狱,但是,一旦公开,她的政治生涯就全完了。而且,别忘了,博因顿老夫人可不是一个普通的勒索者。她不想要钱,只想把她的猎物玩弄于股掌之中，然后用最为惊人的方式揭露真相！只要博因顿老夫人活着，爵士夫人就不安全。她按照博因顿老夫人的指示，跟她在佩特拉见面（我一直奇怪的是，这样一个自视高贵的人，会以一个普通游客的身份出来旅行），但她内心一定在筹划着谋杀。抓住机会后，她大胆地实施犯罪计划。她只疏忽了两个地方。一是说得有点多——关于破裤子的讲述——这一点最早引起了我对她的注意。二是她认错了杰拉德医生的帐篷，走进了吉内芙拉的帐篷。当时后者处于半睡眠状态，所以才会演化成装扮的酋长的故事——半真半假。她讲这个故事的方式错了，她顺从了自己的本能而扭曲了事实，编得更加戏剧化，但是这其中的现象对我而言已经足够。"

他顿了顿。

"但是我们很快就会知道了。今天，趁爵士夫人不注意的时候，我取到了她的指纹。如果把这些指纹送到博因顿老夫人曾经工作过的监狱，跟档案做个对比，我们很快就会知道真相了。"

他停了下来。

短暂的寂静被一个尖锐的声音打破了。

"什么声音？"杰拉德医生问。

"听着好像是枪声，"卡伯里上校猛然站起来，"就在隔壁。是谁的房间？"

波洛轻轻地说："我有个小想法——是爵士夫人的房间……"

尾声

摘自《夜晚之声报》：

  我们很遗憾地宣布，下院议员韦斯特霍姆勋爵夫人，在一场意外的悲剧中不幸去世。爵士夫人喜欢去偏僻的地区旅行，总是带着一把左轮小手枪。在擦拭手枪的时候，不幸走火，导致当场死亡。向韦斯特霍姆勋爵致以最深切的同情……

五年之后，六月的一个温暖的夜晚，莎拉·博因顿和丈夫坐在伦敦某家剧院的前排座位上，上演的是《哈姆雷特》。当奥菲利亚的声音从脚灯上面飘过来的时候，莎拉抓住了雷蒙德的胳膊。

　　张三李四满街走，
　　谁是你情郎？
　　毡帽在从杖在手，
　　草鞋穿一双。

　　姑娘，姑娘，他死了，
　　一去不复来；

> 头竖一块白石碑,
> 头上盖着青青草。
> 哦,啊!

莎拉哽咽了。那精致的无知的美,那超凡脱俗的可爱的微笑,已经超越了烦恼与痛苦,成为似真似假的梦幻所在……

莎拉心中暗想:"她真美……"

那令人难以忘怀的欢快嗓音一直都很美妙,而今又经过了训练和调整,变成更加完美的乐音。

帷幕落下时,莎拉断然说道:"金妮是个伟大的演员,非常——非常伟大的演员!"

之后,他们围坐在萨伏伊的一张餐桌边,吉内芙拉带着缥缈的微笑,转向身边一个留胡子的男人。

"我演得很好,对吧,西奥多?"

"精彩极了,亲爱的。"

她的唇边浮现出一抹幸福的微笑。

她低声说道:"你总是那么信任我——相信我能做出伟大的事情——让观众沉醉……"

不远处的一张桌子前,今晚的哈姆雷特正在沮丧地说:

"看她的作态!一开始观众肯定会喜欢,但要我说,莎士比亚不是这么演的。她是怎么毁了我的退场,你看到没?"

坐在吉内芙拉对面的娜丁说道:"来伦敦看金妮演奥菲利亚,还演得这么成功,真让人兴奋!"

吉内芙拉温和地说:"你们来了真好。"

"是定期的家庭聚会啊。"娜丁微笑着看看周围,又对雷诺克斯说,"我觉得孩子们也可以来看了,你说呢?他们已经长大了,而且他们真的很想看看舞台上的金妮姑姑。"

一脸清爽、幸福的雷诺克斯,眼中闪着幽默的神采,他举起酒杯说道:

"为新婚的柯普夫妇干杯!"

杰弗逊·柯普和卡罗尔接受了祝福。

"不忠的情人!"卡罗尔大笑着说,"杰夫[①],你最好为坐在你正对面的初恋情人干一杯。"

雷蒙德快活地说:"杰夫脸红了。他不喜欢提过去的事。"

他的脸上突然乌云密布。

莎拉用手轻轻地碰了碰他,随即,乌云散尽。他看看她,咧嘴而笑。

"真的好像一个噩梦!"

一个衣着讲究的小个子停在了他们桌子旁边。赫尔克里·波洛衣着华丽整洁、完美无瑕,胡子骄傲地拧在一起,他隆重地点了点头。

"小姐,"他对吉内芙拉说,"向你致敬。你是最棒的。"

他们热情地欢迎他,并在莎拉旁边给他留出一个位子。

当大家都在说话时,他微笑着看着所有人,然后身体微微一侧,小声对莎拉说:

"好吧,看来博因顿一家一切都很顺利啊。"

"多亏了你!"莎拉说。

"你丈夫很有名,我今天刚刚读了一篇关于他新书的好评。"

"虽然我不能这么说,但那本书确实挺好。你知道卡罗尔和杰弗逊·柯普终于结婚了吗?雷诺克斯和娜丁有了两个可爱的孩

[①]杰夫是杰弗逊的昵称。

子——可爱至极。雷蒙德说他们很讨人喜欢。说到金妮,嗯,她是个天才。"

她看着桌子对面那张美丽的脸庞和金红色的头发,不觉微微一动。

有那么一会儿,她变得严肃起来,慢慢地把酒杯送到嘴边。

"你在干杯吗,夫人?"波洛问。

莎拉慢慢地说:

"我突然——想到了她。看着金妮,我第一次看到了……相像。一模一样——但金妮是光明的,而她在阴暗之处……"

桌子对面,吉内芙拉出人意料地说道:

"可怜的母亲……她很古怪……现在,我们都很幸福。我有些替她难过。她没有从生活中得到她想要的。对她来说,日子一定过得很乏味。"

几乎没有停顿,她用颤抖的声音,轻轻吟诵起了《辛白林》中的几行诗,而其他人则听得入了迷:

> 别再害怕骄阳的炙烤
> 别再害怕隆冬的严寒
> 世界的工作你已完成
> 领取工资就回家……

Appointment with Death
Copyright © 1938 Agatha Christie Limited. All rights reserved.
© 2013 Letter for Chinese Reader, New Star Edition by Mathew Prichard.
www.agathachristie.com
The Poirot icon is a trademark, and AGATHA CHRISTIE, POIROT, *Agatha Christie*® and the AC Monogram Logo are registered trade marks of Agatha Christie Limited in the UK and elsewhere. All rights reserved.
Published by agreement with ACL.
Simplified Chinese edition copyright: 2022 New Star Press Co., Ltd.

图书在版编目（CIP）数据

死亡约会/（英）阿加莎·克里斯蒂著；朱琳译．——2版．——北京：新星出版社，2022.8

ISBN 978-7-5133-4455-5

Ⅰ．①死… Ⅱ．①阿… ②朱… Ⅲ．①侦探小说-英国-现代 Ⅳ．①I561.45

中国版本图书馆CIP数据核字（2022）第072254号

午夜文库
谢刚 主持

死亡约会

［英］阿加莎·克里斯蒂 著；朱琳 译

责任编辑：刘　琦　　　　**统筹编辑**：王　欢
责任校对：刘　义　　　　**责任印制**：李珊珊
封面插图：宣　和　　　　**装帧设计**：周伟伟

出版发行：新星出版社
出 版 人：马汝军
社　　址：北京市西城区车公庄大街丙3号楼　　100044
网　　址：www.newstarpress.com
电　　话：010-88310888
传　　真：010-65270449
法律顾问：北京市岳成律师事务所

读者服务：010-88310811　　service@newstarpress.com
邮购地址：北京市西城区车公庄大街丙3号楼　　100044

印　　刷：三河兴达印务有限公司
开　　本：910mm×1230mm　　1/32
印　　张：7.375
字　　数：107千字
版　　次：2022年8月第二版　　2022年8月第一次印刷
书　　号：ISBN 978-7-5133-4455-5
定　　价：42.00元

版权专有，侵权必究；如有质量问题，请与出版社联系调换。